Karl Olsberg

Das Dorf

Band 5: Der Golem

Published by Karl Olsberg
c/o Briends GmbH, 22041 Hamburg
www.karlolsberg.de

Gewidmet dem Dorf Gevelinghausen,
einem Ortsteil der Stadt Olsberg im Sauerland,
und allen seinen Bewohnern.

Minecraft Seed für das Dorf: 100200300400500

Erkunde selbst das kleine Dorf am Rand der Schlucht und die Welt darum herum! Das ist ganz einfach (Anleitung für die PC-Version):

1. Starte Minecraft
2. Wähle „Einzelspieler“
3. Klicke auf „Neue Welt erstellen“
4. Wähle einen Namen für deine Welt, z.B. „Das Dorf“
5. Klicke auf „Weitere Weltoptionen ...“
6. Gib in das Fenster „Startwert für den Weltgenerator“ den Wert 100200300400500 ein.
7. Klicke auf „Neue Welt erstellen“.

Du spawnst am Hang eines Bergs. Steige hinab in die Ebene zu deinen Füßen und wende dich nach links, dann kommst du bald an ein Dorf, das an einer Schlucht liegt. Dies ist das Dorf, in dem die vorliegende Geschichte spielt. Natürlich verhalten sich nicht alle Bewohner im Spiel genauso wie in meiner Geschichte, aber die Welt, die ich beschreibe, ist genau die, durch die du wanderst. Am Ende dieses Buches findest du weitere Hinweise, wie du die Schauplätze dieser Geschichte erkunden kannst. Viel Spaß dabei!

Hinweis: Dieser Seed generiert die Welt von „Das Dorf" leider nur in der PC-Version. Als ich diese Geschichte schrieb, war die aktuelle Minecraft-Version 1.8.1. Es ist möglich, dass in späteren Minecraft-Versionen der Seed 100200300400500 auch auf dem PC eine andere Welt generiert als die beschriebene. In diesem Fall musst du eine frühere Version (z.B. 1.8.1) installieren, wenn du die Welt des Dorfs erkunden willst.

1. Heimweh

Die Sonne scheint friedlich auf das kleine Dorf, als Primo und sein bester Freund Kolle am Rand der Schlucht entlangschlendern.

„Weißt du noch, wie wir hier spazieren gegangen sind und uns darüber unterhalten haben, welchen Beruf du einmal ergreifen wirst?“, fragt Kolle. „Bevor der Fremde ins Dorf kam? Es kommt mir vor, als sei das eine Ewigkeit her! Dabei sind es erst ein paar Wochen.“

„Ja, das ist wirklich kaum zu glauben. Wenn man überlegt, was wir alles erlebt haben ... wo wir überall gewesen sind ...“ Er seufzt.

„Du klingst, als wärst du irgendwie unzufrieden.“

„Unzufrieden? Ich? Wie kommst du denn darauf? Alles ist super, ehrlich! Golina ist die tollste Freundin, die ich mir wünschen kann. Ich werde sie eines Tages heiraten und Kinder haben, und alles wird fantastisch! Wieso sollte ich unzufrieden sein?“

Jetzt ist es Kolle, der seufzt. „Ich beneide dich.“

Primo blickt ihn verwundert an. „Du? Aber warum denn? Du hast doch Margi! Bist du denn nicht genauso froh darüber, dass sie deine Freundin ist, wie ich über Golina?“

„Doch, aber ...“

„Aber was?“

„Ich weiß auch nicht genau. Margi ist irgendwie nicht richtig glücklich. Manchmal, wenn sie denkt, ich sehe es nicht, dann seufzt sie oder guckt traurig aus dem Fenster. Einmal hat sie sogar geweint. Aber als ich sie gefragt habe, was sie hat, hat sie nur gesagt, es sei nichts. Ich mache mir Sorgen, dass sie mich nicht liebt, aber sich nicht traut, es mir zu sagen."

„Unsinn!", sagt Primo, der noch vor kurzem Ähnliches mit Golina erlebt hat. Damals war das verflixte Ei schuld, das bei ihr schlimme Alpträume verursacht hatte. Doch seit Primo es zurück an seinen Ursprungsort, das Ende, gebracht hat, geht es seiner Freundin wieder gut.

„Vergiss nicht, dass sie ein Mädchen ist", versucht er Kolle zu trösten. „Die sind nun mal ein bisschen seltsam."

„Ja, schon, aber trotzdem", sagt Kolle betrübt. „Wenn sie nicht richtig glücklich ist, dann kann ich es auch nicht sein." Er starrt verzweifelt in die Schlucht, als wolle er sich im nächsten Moment hineinstürzen. Gerade, als Primo ihn sicherheitshalber am Arm festhalten will, dreht er sich um und fragt: „Du und Golina, seid ihr denn immer vollkommen glücklich?"

Primo zögert einen Moment, bevor er antwortet: „Ja, klar, natürlich sind wir das!"

„Das klang jetzt aber nicht sehr überzeugend!"

Er weicht Kolles Blick aus. „Doch, ich liebe Golina über alles, und sie mich auch. Ehrlich!“

„Aber?“

„Nun ja, das mit Golina ist wirklich toll, aber ... ehrlich gesagt, mir fehlt etwas.“

„Was denn?“

„Weiß ich auch nicht so genau. Die letzten Tage hier waren sehr schön, aber auch ... ein bisschen langweilig. Mir fehlen Dau und Xoxo und die anderen Zombie-Pigmen. Mir fehlt das Kribbeln im Bauch, wenn man zum ersten Mal an einem unbekannten Ort voller Gefahren ist. Ich glaube, mir fehlt sogar Artrax ein bisschen.“

„Artrax? Der Enderman, der fast die Welt zerstört hätte? Der fehlt dir?“

„Na ja, nicht wirklich. Aber wenigstens hat er mir eine Aufgabe gegeben. Das Gefühl, etwas Bedeutendes zu tun, gebraucht zu werden. Doch seit wir ihn besiegt haben, ist hier im Dorf einfach nichts mehr los. Selbst Birta ist nicht mehr so gemein zu uns wie früher.“

„Und darüber bist du traurig?“

„Ach, ich weiß auch nicht. Ich fürchte, ich bin einfach nicht dazu geboren, hier im Dorf ein ruhiges, langweiliges Leben zu führen.“

„Du könntest dir mit Golina eine Hütte im Wald bauen, so wie Willert und Ruuna.“

„Das würde sie nie im Leben wollen! Außerdem wäre es dort wahrscheinlich noch langweiliger, so ganz allein."

„Verstehe. Vielleicht ..."

Doch bevor Kolle seinen Gedanken aussprechen kann, ruft Golina aus dem Dorf herüber: „Wo bleibt ihr denn mit den Eiern? Der Kuchen wird nicht mehr rechtzeitig fertig, bevor Ruuna und Willert zu Besuch kommen!"

„Mist!", ruft Primo aus. „Die Eier! Die haben wir ganz vergessen!" Er blickt sich nach Hühnern um, doch es sind nirgendwo welche zu sehen.

„Auweia!", meint Kolle. „Das gibt bestimmt Ärger!"

Er behält recht. Golina schimpft Primo aus, als die beiden mit leeren Händen zum Dorf zurückkehren: „Was habt ihr nur die ganze Zeit gemacht? Es kann doch nicht so schwierig sein, drei Eier zu sammeln!"

„Das ist es auch nicht, aber ..." Fieberhaft sucht Primo nach einer Ausrede. „Aber gerade, als wir sie gefunden hatten, da sind sie mir in die Schlucht gefallen."

„In die Schlucht?", fragt Golina. „Wie denn das?"

„Na ja, ich bin gestolpert, und da sind sie mir aus der Hand gerutscht. Tut mir leid."

Golina stemmt die Arme in die Hüften. „Typisch Jungs! Ein Drachenei aus dem Nether holen, das kriegt ihr hin. Aber drei gewöhnliche Hühnereier sind zu viel verlangt!"

„Schon gut", versucht Kolle sie zu beschwichtigen. „Wir gehen sofort los und suchen neue Eier!"

„Das will ich hoffen!", erwidert Golina. „Und beeilt euch gefälligst!"

Rasch laufen die beiden auf die Wiese östlich des Dorfs, auf der ein paar Hühner gackernd herumlaufen. Während sie die Eier einsammeln, meint Kolle: „Golina kann ganz schön energisch sein!"

„Ja, das kann sie", stimmt Primo zu. „Aber sie kann auch sehr lieb sein. Kommt drauf an, was für eine Laune sie hat."

„Meinst du, Margis Traurigkeit ist auch bloß so eine Laune?"

„Keine Ahnung. Wahrscheinlich. Ich hab eine Idee: Wie wär's, wenn ich Golina frage? Sie ist doch eng mit Margi befreundet. Vielleicht weiß sie, was los ist."

„Meinst du? Woher sollte sie es denn wissen?"

„Sie ist immerhin ein Mädchen und versteht besser als wir, wie andere Mädchen denken."

„Na gut, wenn du meinst, dann frag sie."

Endlich haben sie drei Hühnereier beisammen und laufen rasch zurück zum Haus von Golinas Eltern Bendo und Agia, das gegenüber dem von Primos

Vater liegt. Golina und Margi rühren Getreide, Zucker, Milch und die Eier zu einem Teig zusammen, und kurz darauf steht eine Torte auf dem Tisch.

„Hm, die sieht aber lecker aus!“, sagt Ruuna, als sie kurz darauf mit Willert das Haus betritt. Primos Vater Porgo, der Schmied, und Kolles Eltern Nimrod, der Bibliothekar, und Delfina sind ebenfalls schon da, so dass es in dem Bauernhaus ziemlich eng ist.

„Hier, ich habe euch ein Geschenk mitgebracht!“ Die Hexe legt ein Blatt Papier und einige Pilze auf den Tisch. „Das ist mein supergeheimes Spezialrezept für Torte, und die nötigen Spezialzutaten. Ihr müsst nur noch Eier, Zucker, Milch und Mehl zugeben.“

„Äh, danke!“, sagt Golina, die sich offensichtlich noch gut daran erinnern kann, welche Wirkung Ruunas Torte bei ihrem letzten Besuch im Wald auf Primo hatte.

Der Kuchen schmeckt köstlich, und während sich die Freunde fröhlich über ihre überstandenen Abenteuer unterhalten, vergisst Primo, wie langweilig ihm sein Leben vorhin noch erschien.

„Wisst ihr noch, wie Magolus das Enderauge auf den Kopf gefallen ist?“, fragt Willert. Alle lachen.

„Und wie Kolle Birta einen Kinnhaken verpasst hat, so dass sie aufs Kirchendach geflogen ist?“, ruft Ruuna. Das Gelächter ist diesmal noch lauter, nur

Kolle und Margi scheinen das nicht ganz so lustig zu finden. Da fällt Primo wieder ein, was er vorhin mit Kolle besprochen hat.

„Warum bist du eigentlich in letzter Zeit immer so traurig, Margi?“, platzt es aus ihm heraus.

Schlagartig wird es still im Raum. Margi wird rot, während Kolle aussieht, als sei er kurz davor, sich in einen Nachtwandler zu verwandeln.

„Entschuldigung“, versucht Primo die Lage zu retten. „Eigentlich wollte ich das ja heimlich Golina fragen, weil sie schließlich ein Mädchen ist und genauso seltsam wie Margi, und deshalb dachten Kolle und ich, sie versteht vielleicht ...“

„Soso, du findest mich also seltsam!“, sagt Golina. Ihrem Blick nach zu urteilen ist sie nicht besonders erfreut darüber.

„Ja ... das heißt nein, ich meine ...“, stammelt Primo.

„Du also auch?“, fragt Ruuna Margi.

Alle sehen überrascht die Hexe an.

„Was meinst du?“, fragt Willert erschrocken. „Bist du etwa auch manchmal traurig?“

„Natürlich bin ich das!“, sagt Ruuna unbekümmert. „Es ist doch ganz normal, dass man hin und wieder Heimweh hat!“

„Heimweh?“, fragt Kolle und dreht sich zu seiner Freundin um. „Stimmt das? Du hast Heimweh?“

Margi nickt. „Ja, manchmal."

„Gefällt es dir denn nicht hier bei uns?"

„Doch, sehr sogar. Aber ... es ist hier immer so feucht, und manchmal auch recht kühl. Mir fehlt die Wüste. Es ist der schönste Ort der Welt!"

Das erscheint Primo, der sich noch gut an die Strapazen mehrerer Wüstendurchquerungen erinnert, etwas übertrieben, doch er ist klug genug, ihr nicht zu widersprechen.

„Und du, Ruuna?", fragt Willert. „Sehnst du dich auch nach der Wüste?"

„Nö, Wüste find ich blöd", erwidert Ruuna, die genau wie Margi aus dem Wüstendorf stammt. „Ich hab manchmal Heimweh nach dem Sumpf. Da roch es immer so gut, und es wuchsen dort die herrlichsten Giftpilze!"

„Wie wär's, wenn ihr einen Ausflug in eure alte Heimat unternehmt?", schlägt Kolles Vater Nimrod vor.

Ruunas Augen leuchten. „Au ja! Da könnte ich meine Vorräte an Zutaten für Zaubertränke auffrischen: Spinnenaugen, Sumpfpilze ... Hättest du Lust, Schatzi?"

Willert nickt. „Natürlich. Wenn es dir Freude macht."

„Was meinst du, Kolle?", fragt Margi. „Wollen wir die beiden ein Stück begleiten? Wir könnten ein oder zwei Nächte in meinem alten Haus wohnen, wenn Wumpus, unser Priester, nichts dagegen hat."

Kolle lächelt. „Natürlich! Ich bin ja so froh, dass es nur Heimweh war, das dich so traurig gemacht hat! Ich dachte schon ..."

„Was dachtest du?"

„Dass du mich vielleicht nicht mehr magst."

„Typisch Jungs!", sagt Margi und gibt Kolle einen Kuss. „Glaubst du mir jetzt, dass ich dich immer noch mag?"

„Äh, ja", sagt Kolle und läuft rot an.

„Was ist mit dir?", fragt Primo Golina.

„Willst du etwa wissen, ob ich dich auch noch mag?"

„Äh, nein, aber ..."

„Aha! Du findest mich also seltsam, und es ist dir egal, ob ich dich noch mag!"

„Nein, nein, natürlich nicht! Ich dachte bloß ... ich wollte wissen, ob du ... ob wir Ruuna, Willert, Kolle und Margi begleiten wollen."

„Was soll ich denn im Sumpf und in der Wüste?"

„Ich dachte, du hättest vielleicht auch Heimweh ... ich meine natürlich, Fernweh ..."

„Fernweh? Was soll das denn sein? Du redest manchmal wirklich Unsinn!"

Damit ist die Diskussion beendet. Gleich am nächsten Tag machen sich Kolle, Margi, Willert und

Ruuna gemeinsam auf den Weg. Primo, Golina und Porgo begleiten sie bis zum Ostfluss und wünschen ihnen eine gute Reise. Als Primo die vier im Wald am anderen Flussufer verschwinden sieht, fühlt er eine dumpfe Traurigkeit in sich, eine tiefe Sehnsucht nach fernen Ländern und Abenteuern. Seufzend dreht er sich um und folgt seiner Freundin und seinem Vater zurück in das kleine Dorf am Rand der Schlucht, in dem er sein ganzes Leben verbracht hat und das er wahrscheinlich nie wieder verlassen wird.

2. Hoher Besuch

Während der nächsten zwei Tage starrt Primo immer wieder sehnsuchtsvoll aus dem Fenster. Im Dorf ist es auch so schon langweilig, aber ohne Kolle ist es noch schlimmer. Wenn Golina fragt, was mit ihm los ist, seufzt er und behauptet, es sei nichts. Sie scheint ihm zu glauben.

Den dritten Tag über treibt sich Primo auf der Wiese östlich des Dorfs herum. Golina hat er erzählt, dass er Jarga dabei helfen will, die Schafe zu scheren. Die Schäferin macht ihm allerdings klar, dass sie auf seine Hilfe keinen Wert legt - schon gar nicht, wenn er dabei die ganze Zeit hinter ihren Schafen herläuft und immerzu „Bleib doch stehen, du dummes Vieh!" brüllt.

In Wahrheit gibt es für Primo kaum etwas Langweiligeres, als Schafe zu scheren. Er sehnt sich nach seinem Freund und ist hier auf der Ostwiese, um nach ihm Ausschau zu halten. Doch als die Sonne untergeht, ist von Kolle, Margi, Ruuna und Willert nichts zu sehen. Als die ersten *Unnghs* der Nachtwandler erklingen, kehrt er missmutig zurück ins Dorf.

Am vierten Tag regnet es, so dass die Monster auch tagsüber die Gegend unsicher machen und die Dorfbewohner in ihren Häusern bleiben. Als seine

Freunde abends immer noch nicht zurückgekehrt sind, macht sich Primo ernsthafte Sorgen.

„Ach was, denen wird schon nichts passiert sein", sagt Golina unbekümmert. „Immerhin haben sie Kolle dabei, der unheimlich stark ist, und Ruuna, die zaubern kann, und Margi, die so viel weiß. Nicht zu vergessen Willert, der geschickt ist und sich mit Gefahren auskennt."

Primo muss ihr recht geben, dass die vier wohl sehr gut auf sich selbst aufpassen können. Sie brauchen bestimmt keine Hilfe von jemandem wie ihm, der nur dazu taugt, Unsinn anzustellen und andere in Schwierigkeiten zu bringen. Trotzdem ist er nervös.

„Was, wenn ihnen doch etwas passiert ist? Was, wenn ihnen Artrax aufgelauert hat? Oder sie sind in eine Schlucht gefallen? Oder ein unbekanntes Monster ist ihnen begegnet?"

„Hör auf, dir Sorgen zu machen, mein Häschen!", sagt Golina.

Primo verkneift sich eine Erwiderung. Er mag es nicht, wenn sie ihn so nennt, aber er traut sich nicht, es ihr zu sagen.

In der Nacht liegt er lange wach. Jedes Mal, wenn das Stöhnen eines Nachtwandlers erklingt, zuckt er zusammen. Was, wenn Artrax ausgerechnet jetzt einen Rachefeldzug gegen das Dorf unternimmt?

Ohne die Hilfe von Kolle, Willert und Ruuna wären sie einem Angriff schutzlos ausgeliefert. Doch was immer Artrax auch plant, in dieser Nacht lässt er das kleine Dorf unbehelligt.

Primo ist trotzdem nicht beruhigt. Als auch am späten Nachmittag des nächsten Tages immer noch keine Anzeichen seiner Freunde zu sehen sind, sagt er zu seinem Vater, der gerade eine Hacke schmiedet: „Wir müssen sie suchen gehen!“

„Mach dir keine Sorgen“, erwidert Porgo. „Die vier können sehr gut auf sich selbst aufpassen.“

„Ja, das hat Golina auch gesagt. Aber trotzdem: Kolle sagte, sie bleiben zwei Tage, und jetzt sind sie schon seit fünf Tagen fort. Was, wenn sie unsere Hilfe brauchen?“

„Vergiss nicht, dass der Weg bis zu Ruunas Sumpf sehr weit ist. Und möglicherweise gefällt es ihnen so gut an ihren früheren Heimatorten, dass sie ein bisschen länger dort bleiben wollen.“

Das versetzt Primo einen Stich. „Meinst du ... sie bleiben vielleicht für immer dort?“

„Aber nein! Warum sollten sie? Kannst du dir einen schöneren Ort vorstellen als dieses Dorf?“

Auf jeden Fall kann sich Primo interessantere Orte vorstellen. Vielleicht hatten Margi und Ruuna ja Heimweh, weil sie es hier genauso langweilig finden wie er. Vielleicht ...

Ein Ruf erklingt von draußen: „Sie kommen zurück!“ Olum, der Fischer, der wie immer seine Angel am Fluss ausgeworfen hat, kommt ins Dorf gerannt. „Kolle, Margi, Ruuna und Willert kommen zurück!“

Primo stürmt aus dem Haus. „Endlich!“ Er rennt seinen Freunden entgegen, die gerade den Fluss durchqueren. „Wo seid ihr so lange gewesen?“

„Unterwegs“, erklärt Ruuna.

„Wir haben eine wichtige Nachricht“, sagt Margi. „Für Magolus.“

„Für Magolus?“, fragt Primo verblüfft.

„Nun ja, äh ...“ Margi wirkt ein wenig verlegen.

„Wir bekommen Besuch!“, erklärt Kolle.

„Was denn für Besuch?“, fragt Primo. Dann schlägt sein Herz vor Aufregung schneller. „Habt ihr etwa den Fremden getroffen? Kommt der Fremde zurück?“

„Nein, das nicht. Aber ich will nicht alles dreimal erklären. Lasst uns schnell das Dorf zusammentrommeln, bevor die Sonne untergeht.“

Kurz darauf sind alle vor der Kirche versammelt.

„Priester Wumpus aus dem Wüstendorf und eine Delegation werden uns besuchen kommen“, erklärt Kolle.

„Priester Wumpus? Wer soll das denn sein?“, fragt Magolus.

„Er ist der Priester aus dem Wüstendorf, das sagte ich doch schon. Er und einige Begleiter werden morgen hier eintreffen. Wir müssen alles für ihren Empfang vorbereiten!“

Gemurmel erhebt sich unter den Dorfbewohnern:

„Was wollen die denn hier?“

„Man sollte sein Heimatdorf niemals verlassen. Reisen ist ungesund!“

„Das Wüstendorf? Gibt's das denn wirklich?“

„Klar gibt's das wirklich. Wo, dachtest du, kommt Margi her? Aus dem Nether?“

„Ruhe!“, kommandiert Magolus. „Was genau ist denn der Anlass dieses Besuchs?“

Kolle druckst ein wenig herum. „Nun ja, äh, sie wollen sich selbst davon überzeugen.“

„Wovon?“

„Davon, dass hier alles viel besser ist als bei ihnen“, erklärt Ruuna. „Das wollten sie Margi nämlich nicht glauben!“

„Margi?“, fragt Primo verblüfft. „Sie hat den Wüstendorf-Bewohnern gesagt, dass hier bei uns alles viel besser ist?“

„Ja, das hat sie!“, sagt Kolle stolz.

„Nun ja, äh ... ich habe vielleicht ein wenig übertrieben“, meint seine Freundin. „Aber ich konnte doch nicht zulassen, dass Wumpus und die anderen sich über dieses Dorf lustig machen.“

„Sich lustig machen über unser Dorf?“, ruft Magolus empört. „Das ist ja wohl die Höhe!“

„Ich dachte, du hattest Heimweh nach der Wüste?“, fragt Primo.

„Hatte ich auch. Aber als wir dann da waren, fand ich es doch etwas trocken und heiß. Ich bin wohl nicht mehr daran gewöhnt.“

„Das musst du auch nicht sein“, sagt Kolle und nimmt sie in den Arm. „Gewöhne dich lieber an mich!“ Sie küssen sich.

„Der Sumpf ist auch nicht mehr das, was er früher mal war“, ergänzt Ruuna. „Ich hab ganz nasse Füße gekriegt!“

„Da siehst du's!“, raunt Golina, die neben Primo steht, ihm zu. „Alle sind glücklich und zufrieden hier, nur du willst immer bloß weg!“

Primo erschrickt. Wie hat sie das bloß rausgekriegt?

„Na schön!“, ruft Magolus aus. „Dann werden wir den Leuten aus diesem Wüstenkaff mal ein richtiges Dorf zeigen! Wir werden ihnen ein Festmahl bereiten. Birta, du organisierst das.“

„Jawohl, Herr Priester!“

„Kaus, du wirst die Fremden im Dorf herumführen und ihnen alles zeigen.“

„Zeigen?“, fragt Kaus. „Was denn zeigen?“

„Na, die Häuser, die Kirche, den Brunnen, die Felder, die Kühe. Das Dorf eben. Und die Schlucht natürlich. Sowas haben sie bestimmt noch nicht gesehen.“

„Ach so. Na gut, mach ich.“

„Und wo sollen sie schlafen?“, fragt Golinas Mutter Agia.

„Schlafen?“, fragt Magolus. „Was denn, wollen die etwa über Nacht bleiben?“

„Natürlich bleiben sie über Nacht. Es ist ein weiter Weg bis zum Wüstendorf.“

„Kein Problem, sie können bei mir in der Schmiede übernachten“, sagt Porgo. „Primo und ich ziehen dann so lange zu Bendo und seiner Familie. Das ist dir doch recht, Bendo, oder?“

„Ja natürlich, gern.“

„Wie viele kommen denn eigentlich?“, fragt Porgo.

„Drei oder vier vermutlich“, erwidert Margi.

„Gut, das könnte etwas eng werden, aber es wird schon gehen.“

Aufgrund der Tatsache, dass bereits die Sonne untergeht, werden die Vorbereitungen für den Besuch auf den nächsten Tag verschoben. Primo will unbedingt noch mehr darüber wissen, was seine Freunde unterwegs erlebt haben. Er folgt Kolle und Margi zum Haus von Kolles Eltern. „Erzählt mal! Wie war’s? Habt ihr etwas Aufregendes gesehen?“

„Es war schrecklich!", sagt Margi.

„Schrecklich? Wieso denn das? Magst du die Wüste denn gar nicht mehr?"

„Doch, die Wüste schon! Aber unser Dorf ... Die Bewohner haben mich behandelt, als sei ich eine Fremde. Und Kolle erst! Vor dem hatten sie richtig Angst."

„Na ja, ich bin eben sauer geworden, als sie Margi nicht ins Dorf lassen wollten", wirft Primos bester Freund ein, „und da bin ich wohl leicht grün angelaufen."

„Jedenfalls hat Wumpus gesagt, wer das Wüstendorf verlässt, darf nie wiederkehren", sagt Margi. „Denn man müsse verrückt sein, um nicht mehr im schönsten Dorf der Welt wohnen zu wollen, und Verrückten sei der Zutritt verboten. Die Regel haben sie aufgestellt, nachdem Ruuna zur Hexe geworden war."

„Und dann? Seid ihr einfach wieder weggegangen?"

„Nein. Ich hab ihnen erklärt, dass ich überhaupt nicht verrückt bin, weil ich nicht mehr in ihrem Dorf leben will, denn das Dorf am Rand der Schlucht sei viel schöner. Das wollten sie nicht glauben. Sie haben mich gefragt, was denn an diesem Dorf so toll sein soll. Und, na ja, da hab ich eben ein klein wenig übertrieben."

„Übertrieben?“, fragt Primo. „Inwiefern?“

„Ist doch egal“, mischt sich Kolle ein. „Sie kommen her, sehen, dass es hier weder besser noch schlechter ist als bei ihnen zuhause, und gehen wieder weg. Wer weiß, vielleicht werden ja bei der Gelegenheit neue Freundschaften geschlossen.“

„Wieso hat es eigentlich so lange gedauert, bis ihr zurückgekommen seid, wenn sie euch gar nicht ins Dorf gelassen haben?“

„Wir haben Ruuna und Willert zum Sumpf begleitet“, erzählt Kolle. „Sie hat ein paar Pilze und Kräuter gesammelt, wir haben in ihrer alten Hütte übernachtet und sind am nächsten Tag aufgebrochen. Aber dann, als wir schon fast am Ostfluss waren, ist ihr eingefallen, dass sie die Pilze, die sie am Tag zuvor gesammelt hatte, in ihrer Hütte vergessen hatte. Also haben wir im alten Tempel übernachtet und sind am nächsten Tag zurück zum Sumpf gelaufen.“

„Typisch Frau!“, kommentiert Primo. Als er Margis Blick bemerkt, verbessert er sich rasch: „Ich meinte, äh, Hexe. Typisch Hexe!“

Margi schüttelt bloß den Kopf.

„Als wir dann schließlich einen Tag später zum vierten Mal am Wüstendorf vorbeigekommen sind“, fährt Kolle fort, „ist Wumpus zu uns gekommen und hat uns aufgetragen, wir sollten hier im Dorf den

Besuch einer ‚Delegation der höchsten Würdenträger und wichtigsten Bewohner des Wüstendorfs' ankündigen. Als ich ihn fragte, ob er denn überhaupt wisse, wie man zum Dorf an der Schlucht kommt, sagte er nein. Also hat Margi ihm eine Karte gemalt."

„Und du glaubst, die finden den Weg hierher?"

„Na, das werden wir ja morgen sehen. Entweder sie kommen, oder sie kommen nicht. Wie dem auch sei, ich glaube, du solltest jetzt lieber nach Hause gehen, Primo. Die Sonne ist schon untergegangen."

„Okay. Jedenfalls schön, dass ihr wieder da seid! Bis morgen!"

Als Primo schlafen geht, hat er gemischte Gefühle. Einerseits freut er sich, dass in dem kleinen Dorf endlich mal wieder was los ist. Andererseits hat er so eine Ahnung, dass dieser Besuch nicht ohne Folgen bleiben wird.

3. Der Golem

Am nächsten Tag finden überall im Dorf hektische Vorbereitungen statt. Getreide wird geerntet, Eier gesammelt, eine Kuh und ein Schwein geschlachtet. Porgo und Bendo stellen gemeinsam Tische und Bänke her, die neben der Schlucht aufgebaut werden, während die Frauen des Dorfs mit Kochen und Kuchenbacken beschäftigt sind. Birta läuft überall herum und erteilt Befehle, doch niemand nimmt sie ernst. Kaus, der Bauer, der mit der schwierigen Aufgabe der Fremdenführung betraut wurde, läuft herum und versucht, sich die Lage aller Straßen und Häuser des Dorfs genau einzuprägen.

Primo und Kolle werden zusammen mit ihren Freundinnen ausgeschickt, um in der Nähe Blumen einzusammeln, mit denen die Bankettische dekoriert werden sollen.

„Wo ist eigentlich Ruuna?", fragt Primo, während er eine Sonnenblume pflückt. „Ich habe sie den ganzen Tag noch nicht gesehen."

„Sie ist mit Willert in den Wald zurückgekehrt", erwidert Margi.

„Will sie denn nicht dabei sein, wenn die Delegation aus dem Wüstendorf kommt?"

„Doch. Ich glaube, sie bereitet etwas vor. Eine Überraschung, hat sie gesagt."

„Na, das kann ja heiter werden“, kommentiert Primo.

Als sie jeder einen Arm voller bunter Blumen gesammelt haben, kehren sie zum Dorf zurück.

„Hier sind die Blumen, die du haben wolltest, Birta“, sagt Primo zu der Gehilfin des Priesters, die gerade den Frauen Anweisungen gibt, wie sie die Speisen auf dem Tisch zu platzieren haben.

„Und wo sind die Blauen?“, fragt Birta. „Ich sagte doch ausdrücklich, dass ihr Blumen in allen Farben sammeln sollt!“

„Aber da waren keine“, rechtfertigt sich Primo. „Wir haben rote, gelbe und weiße Blumen gefunden, aber keine blauen.“

„Das stimmt!“, bestätigt Golina.

„Ihr habt bloß nicht gründlich genug gesucht!“, keift Birta. „Typisch! Ihr jungen Leute habt nichts als Flausen im Kopf. Wahrscheinlich habt ihr die ganze Zeit nur ...“

„Wo soll ich den Fisch hinstellen?“, unterbricht sie Olum, der einen ganzen Arm voller frisch gefangener Fische dabei hat.

„Igitt!“, ruft Birta. „Der ist ja noch roh! Der muss doch erst gebraten werden! Bei Notch, wo bleibt denn Hakun mit der Milch? Muss man denn hier alles selber machen?“

Während Birta wie ein aufgescheuchtes Huhn herumläuft, verkrümeln sich die vier Freunde klammheimlich, bevor sie auf die Idee kommen kann, ihnen eine neue Aufgabe zu übertragen.

„Was machen wir jetzt?“, fragt Primo.

„Lass uns auf den Kirchturm klettern“, schlägt Golina vor. „Von dort oben können wir die Vorbereitungen beobachten und sehen die Besucher als Erste. Und vor allem findet uns Birta nicht.“

„Auf dem Kirchturm versteckst du dich wohl gern“, kommentiert Primo, doch er bereut seine Bemerkung augenblicklich, als er sieht, wie Golina vor Scham errötet. Vor Kurzem hatte sie sich dort oben versteckt, um ihm eins auszuwischen, und damit Primo dazu gebracht, bis in den Nether zu gehen, um sie zu suchen.

„Los, kommt jetzt!“, sagt Kolle. „Aber leise, damit Magolus nicht aufwacht!“

Sie schleichen sich in die Kirche. Wie Kolle vermutet hatte, schläft der Priester vor dem Altar. Das Heilige Buch benutzt er als Kopfkissen.

„Ob er wohl auf diese Weise im Traum Notchs Stimme hört?“, wundert sich Primo.

„Psst!“, macht Golina. „Schnell jetzt, auf den Turm!“

Die vier klettern die Leiter hinauf. Von hier oben hat man einen guten Überblick über das hektische

Treiben und kann weit über die Wiese östlich des Dorfs bis zum fernen Ostfluss sehen.

„Da kommt jemand!“, ruft Golina und zeigt auf zwei Gestalten, die am nördlichen Flussufer auftauchen. Doch es sind nur Ruuna und Willert.

Allmählich kommen die Vorbereitungen zu ihrem Abschluss. Als die Sonne am Zenit steht, sind die Tafeln zum Bankett gedeckt. Magolus hat sein Schläfchen beendet und ist zusammen mit dem Rest der Dorfbewohner zum Fluss gegangen, um die Delegation aus dem Wüstendorf in Empfang zu nehmen.

Nur, dass von dieser Delegation nirgends etwas zu sehen ist.

Eine Weile steht das Empfangskomitee herum, dann kehrt es schließlich zurück auf die Wiese neben der Schlucht.

„Das ist wieder mal typisch!“, schimpft Birta so laut, dass man sie auch oben auf dem Turm gut verstehen kann. „Da macht man sich all die Mühe, und dann kommen sie nicht mal pünktlich zum Mittagessen!“

„Hat dieser Priester Wumpus denn überhaupt gesagt, wann genau sie hier eintreffen werden?“, fragt Primo Margi.

„Nein. Er konnte ja auch gar nicht wissen, wie lange sie bis hierher brauchen würden.“

„Wenn es keine feste Zeit gibt, zu der sie hier sein wollten, dann können sie auch nicht unpünktlich sein“, stellt Primo fest. „Vielleicht sollten wir das Birta und Magolus mal sagen.“

„Vergiss es!“, meint Kolle. „Die hören dir sowieso nicht zu. Da können wir ebenso gut …“

„Da!“, ruft Golina dazwischen. „Da hinten sind sie! Aber … bei Notch, was ist das denn? Ein Monster?“

Primos Blick folgt ihrem ausgestreckten Arm bis zur Ostwiese. In der Ferne ist eine Gruppe von Dorfbewohnern zu erkennen. Sie werden von einem hellgrauen Koloss begleitet, der so hoch wie ein Enderman ist, jedoch wesentlich breiter. Er scheint von Pflanzen überwuchert zu sein.

„Wow!“, sagt Margi. „Sie haben einen Golem mitgebracht!“

„Ein Golem?“, fragt Golina. „Was ist das denn?“

„Ein künstliches Wesen. Man macht es aus Metall, glaube ich, aber wie genau das funktioniert, weiß ich nicht. Als ich noch klein war, hatten wir einen im Dorf. Sie sind sehr stark und helfen beim Kampf gegen Monster. Unserer hat mir einmal sogar eine Blume geschenkt. Aber dann ist er irgendwann kaputt gegangen. Ich wusste nicht, dass es im Wüstendorf einen neuen Golem gibt.“

„Klingt ja toll“, erwidert Golina. „So einen könnten wir auch gut gebrauchen!“

„Ach was, wozu denn?“, meint Margi. „Wir haben doch Kolle!“

Ihr Freund grinst breit. Primo fühlt einen leichten Stich der Eifersucht. Er wünscht sich, Golina wäre genauso stolz auf ihn wie Margi auf Kolle.

„Ich glaube, wir sagen besser Magolus Bescheid“, meint Golina und klettert als Erste die Leiter herab.

„Sie kommen!“, ruft sie, als sie das Bankett erreicht, wo sich die übrigen Dorfbewohner bereits zum Essen niedergelassen haben.

„Was, jetzt?“, erwidert Birta. „Das geht jetzt nicht. Sie sollen warten, bis wir mit dem Essen fertig sind. Wer nicht kommt zur rechten Zeit …“

„Aber sie wussten doch gar nicht, dass wir ein Essen für sie vorbereitet haben“, wirft Primo ein. „Außerdem haben sie eine weite Reise hinter sich. Wollt ihr sie denn nicht wenigstens begrüßen?“

„Na gut, in Notchs Namen, wenn es unbedingt sein muss“, grummelt Magolus. Er legt sein gebratenes Hühnchen aus der Hand und folgt den vier Freunden zusammen mit den anderen Dorfbewohnern zum Flussufer.

Als sie die Gruppe der Wüstendorfbewohner näher kommen sehen, stoßen sie erstaunte Rufe aus:

„Was ist das denn für ein Monster, das die da bei sich haben?“

„Das sieht gefährlich aus!“

„So was kommt mir hier nicht ins Dorf!"

„Ach was, das ist bloß ein Golem, der ist nicht gefährlich."

„Und woher willst du das wissen? Für mich sieht er ziemlich gefährlich aus."

„Das weiß doch jeder, dass Golems ungefährlich sind!"

Die Delegation der Fremden erreicht endlich das östliche Flussufer. Es sind mehr, als Margi angekündigt hatte: Neben dem Priester in seiner purpurnen Robe zählt Primo sechs Begleiter. Das wird ganz schön eng in der Schmiede seines Vaters.

„Willkommen, Fremdlinge!", ruft Magolus feierlich. „Ich bin Magolus, der Priester dieses schönen Dorfs!"

„Igitt!", erwidert der Priester des Wüstendorfs. „Schon wieder Wasser! Gibt es denn in diesem unseligen Landstrich keine Möglichkeit, trockenen Fußes euer Dorf zu erreichen?" Genau wie Margi spricht er das E breit wie ein Ä aus: Schon wiedär Wassär.

„Warum watet ihr nicht einfach hindurch wie normale Leute?", fragt Magolus.

„Ich soll mir die Füße nass machen?", fragt Wumpus zurück. „Und außerdem, wisst ihr denn nicht, dass Golems nicht durch Wasser gehen können?"

„Äh, ja, doch, natürlich, klar“, stottert Magolus.

„Da drüben gibt es einen Übergang“, erklärt Olum, der jeden Winkel des Flusses kennt.

Die Delegation aus dem Wüstendorf folgt dem Flussufer ein Stück weit nach Norden bis zu der Stelle, wo er durch einen schmalen Grasstreifen unterbrochen ist. Die Dorfbewohner gehen ihnen am anderen Ufer entgegen, so dass sie sich an der Überquerung treffen.

„Nochmals herzlich willkommen“, sagt Magolus und streckt die Hand aus.

„Jaja, schon gut“, erwidert der Anführer der Delegation, ohne die Hand zu ergreifen. „Ich bin übrigens Hohepriester Wumpus.“

„Hohepriester?“, fragt Magolus. „Wieso Hohepriester? Was soll das heißen, Hohepriester?“

„Das hier ist Haudruf, der führende Schmied in unserem Dorf“, fährt Wumpus fort, ohne auf Magolus‘ Frage einzugehen.

„Aber wir haben doch bloß einen ...“, beginnt der Mann, auf den Wumpus gezeigt hat, doch dieser unterbricht ihn, um die anderen der Reihe nach vorzustellen: „Trakto, der Vorsitzende des Landwirtschaftsverbandes, daneben Ariela, die Fischereibeauftragte, Bux, der eine führende Position in unserer Lederherstellung innehat, Schaschli, die

Fleischfabrikantin, und Daun, der Inhaber unserer Wollmanufaktur."

„Auch ich heiße euch herzlich willkommen", sagt Margi. „Ich freue mich, Besuch aus meinem früheren Heimatdorf zu bekommen."

„Aha, das soll also das Wunderdorf sein, von dem du erzählt hast", stellt Wumpus fest. „Na, wir werden ja sehen."

Staunend betrachten die Dorfbewohner den Golem.

„Der ist ja riesig!", meint Kaus und streckt seine Hand danach aus.

„He, nicht anfassen!", sagt einer von Wumpus' Begleitern. „Er ist nicht gut auf Fremde zu sprechen."

„Aber ihr seid doch die Fremden!"

„Was denn, habt ihr etwa keinen Golem in eurem kümmerlichen Dorf?", fragt Wumpus mit herablassendem Tonfall.

„Nein, aber wir haben was viel Besseres ...", beginnt Margi, doch Magolus fällt ihr ins Wort: „Doch, natürlich haben wir einen Golem. Sogar zwei. Nur sind sie momentan gerade nicht da."

„Ach?", fragt Wumpus. „Wo sind sie denn?"

„Im Wald", improvisiert Magolus. „Sie sind im Wald. Holz fällen."

„Soso, Holz fällen", erwidert Wumpus.

Ehe er kritische Nachfragen stellen kann, sagt Porgo: „Ihr müsst von der weiten Reise hungrig sein. Kommt, wir haben ein Festessen für euch vorbereitet."

4. Das Bankett

Sie führen die Delegation durch das Dorf bis zur Wiese neben der Schlucht. Kaus erklärt unterwegs die Sehenswürdigkeiten: „Das ist unsere Dorfschmiede, wo Porgo wohnt. Das Haus gegenüber gehört Bendo, dem zweitwichtigsten Bauern im Dorf. Ich bin übrigens der andere Bauer. Hier ist der Dorfbrunnen. Da ist Nimrods Bibliothek. Hier sind noch mehr Häuser. Da vorne ist unsere Dorfkirche. Und hier kommen wir nun zu unserer berühmten Schlucht."

„Was, das war schon alles?", sagt Wumpus. „Dafür haben wir den weiten Weg hierher gemacht? Diese Schlucht ist im Vergleich zum Himmelsturm nicht mehr als ein Sprung in einem Steinblock."

„Im Vergleich zu was?", fragt Kaus verdutzt.

„Der Himmelsturm ist der höchste Berg der Welt", erklärt Wumpus. „Notch selbst hat auf seinem Gipfel einen Tempel gebaut, damit er von dort auf unser Dorf hinabsehen kann."

„Unser Herr Priester sagt, dass Notch auch auf unser Dorf hinab sieht, und dass es ihm sogar besonders gut gefällt!", erwidert Kaus.

„So ein Unfug!"

Primos Vater bemüht sich um einen freundlichen Tonfall. „Lasst uns zunächst etwas essen."

„Wie ich sehe, habt ihr schon ohne uns angefangen“, stellt der Wüstendorf-Priester fest.

„Wir wussten ja nicht, wann ihr kommt“, entschuldigt sich Porgo.

Die Delegation setzt sich, während der Golem am Ende der Tafel neben der Schlucht stehen bleibt. Während des Essens herrscht eine angespannte Stimmung. Die Bewohner des Dorfs an der Schlucht blicken immer wieder ehrfürchtig zu dem Golem, der reglos da steht, und tuscheln untereinander, während Wumpus und seine Begleiter schweigend essen.

„Warum habt ihr euch eigentlich auf den weiten Weg hierher gemacht und seid nicht einfach in eurem Wüstendorf geblieben, wo ihr hingehört?“, fragt Magolus.

„Man hat uns erzählt, dieses Dorf sei das schönste der Welt“, erklärt Wumpus. „Man hat gesagt, es sei dreimal so groß wie unser Wüstendorf, es gäbe eine prachtvolle Kirche und eine riesige Bibliothek, überall wüchsen die herrlichsten Blumen, es gäbe Essen im Überfluss und seine Bewohner seien die klügsten und freundlichsten von allen.“

Margi wird knallrot.

„Ach wirklich?“, sagt Magolus und lächelt.

„Ja. Uns war natürlich klar, dass das nicht stimmen kann, aber wir wollten uns selbst davon überzeugen.“

„Was soll das heißen, das kann nicht stimmen?“, fragt Magolus. „Natürlich stimmt das!“

„Ha! Dass ich nicht lache!“, widerspricht Wumpus.

„Ich denke, das eigene Dorf ist für jeden Bewohner immer das schönste“, versucht Willert zu beschwichtigen.

„Ja, vielleicht“, stimmt ihm Wumpus zu. „Vor allem, wenn man noch nie in einem anderen Dorf war.“

„Ich kenne das Wüstendorf genauso gut wie dieses hier“, wirft Ruuna ein.

„Und?“, fragt Magolus. „Welches Dorf gefällt dir besser?“

„Das kann man so nicht sagen“, erwidert Ruuna.

„Seht ihr“, meint Willert, „jedes unserer Dörfer hat eben seine eigene Schönheit. Wir haben die Schlucht und den Fluss, ihr habt ...“

„Ich finde Dörfer generell blöd“, fällt ihm die Hexe ins Wort. „All diese Häuser, das Gedränge auf den Straßen, der Lärm. Deshalb lebe ich ja mit Willert im Wald.“

„Also das ist doch ...!“, schimpft Magolus.

„Ich bin noch nie so beleidigt worden!“, behauptet Wumpus. „Und noch dazu von einer verrückten Hexe!“

Nun verfinstert sich auch Willerts Miene. „Pass auf, was du sagst, Wumpus!“

„Pass du lieber auf, Willert!“, erwidert der Wüstendorf-Priester. „Vergesst nicht, wir haben einen Golem!“

„Pah, euer Golem ist doch gar nichts!“, erwidert Ruuna. „Unser Kolle ist viel stärker!“

„Was?“, fragt Wumpus.

„Was?“, ruft Kolle.

„Das stimmt!“, bestätigt Magolus. „Kolle hat die Kraft von zehn Golems! Der befördert euren Eisenkoloss mit einem einzigen Schlag in die Schlucht.“

„Ich glaube dir kein Wort!“, sagt Wumpus. „Ihr seid nichts als ein Haufen von Angebern!“

„Also schön“, entgegnet Magolus. „Wir werden es dir beweisen! Kolle, geh und verhau den Golem!“

„Aber ...“

„Keine Widerrede! Tu, was ich gesagt habe!“

Alle blicken Kolle an, der ziemlich verunsichert wirkt.

„Geh!“, drängt nun auch Margi. „Zeig ihnen, was du kannst!“

„Aber ...“, beginnt Kolle erneut, doch dann steht er auf, geht auf den Golem zu und boxt ihn zaghaft gegen den Arm.

Der Koloss steht einen Moment lang reglos da, ohne auf den Angriff zu reagieren. Dann dreht er sich zur Seite, bückt sich und streckt den Arm in Kolles

Richtung aus. Doch statt ihn zu schlagen, hält er ihm eine Blume hin, die er gerade gepflückt hat.

Verdattert nimmt Kolle die Blume. „Äh, danke!“

„Hach, ist der süß!“, ruft Golina entzückt. „Hast du das gesehen, Primo? Hast du gesehen, wie er eine Blume für Kolle gepflückt hat? Ist das nicht romantisch?‘“

„Ja, total“, stimmt Primo zu.

„Ha!“, sagt Wumpus. „Ich wusste doch, dass ihr bloß Angeber seid!“

„Ach ja?“, widerspricht Magolus. „Dein Golem hat offenbar Angst vor Kolle und hat ihm eine Blume geschenkt, um ihn zu besänftigen. So stark scheint er wohl doch nicht zu sein!“

„Na, dann pass mal auf!“, sagt Wumpus und steht ebenfalls von der Tafel auf. Er stellt sich neben Kolle und sagt: „He du, box mich!“

„Was?“, fragt Kolle verwirrt.

„Du sollst mich schlagen! Nun mach schon!“

„Aber ...“

„Worauf wartest du denn noch? Oder bist du etwa ein Schwächling?“

Kolle seufzt und boxt den Priester leicht gegen die Brust.

„Aua!“, schreit Wumpus, als sei er schwer verletzt worden. „Golem! Hilf mir!“

Der Golem dreht den Kopf, holt mit einem seiner langen Arme aus und schwingt ihn gegen Kolle. Primos Freund fliegt in hohem Bogen durch die Luft und landet auf dem Dach des kleinen Hauses, in dem Birta wohnt.

„Kolle!", ruft Margi erschrocken. „Mein armer Kolle!"

Sie rennt besorgt zu ihm, doch Kolle scheint zum Glück nicht schwer verletzt zu sein. Er klettert vom Dach herunter und kommt zurück zum Bankett.

„Da seht ihr es!", ruft Wumpus triumphierend. „Legt euch besser nicht mit dem Wüstendorf an!"

Die übrigen Mitglieder der Delegation blicken betreten auf ihr Essen.

„Ich glaube, es reicht jetzt!", sagt Willert. „Wir haben gesehen, dass Euer Golem stark ist, Wumpus. Jetzt lasst uns die Mahlzeit in Frieden beenden und uns auf unsere gemeinsamen Werte besinnen. Schließlich hat Notch uns alle in gleicher Weise nach seinem Ebenbild erschaffen."

„Das sind weise Worte!", stimmt Magolus zu, der sonst nur selten mit Willert einer Meinung ist. „Ich schlage vor, dass wir nach dem Essen einen gemeinsamen Gottesdienst feiern und den Heiligen Kuchen teilen, um ..."

„Den heiligen was?", ruft Wumpus dazwischen.

„Den Heiligen Kuchen“, erklärt Magolus. „Wie ich schon sagte, lasst uns ...“

„Du willst doch wohl nicht etwa sagen, dass ihr in der Kirche statt des Heiligen Brots Kuchen esst?“, unterbricht ihn Wumpus erneut.

„Was?“, fragt Magolus und springt vom Tisch auf. „Heiliges Brot? Was ist das für ein Unsinn? Im Heiligen Buch steht eindeutig: *Und Notch schnitt den Heiligen Kuchen an, gab jedem seiner Jünger ein Stück und sprach ...*“

„Frevel! Sakrileg! Gotteslästerung!“, schreit Wumpus, der ebenfalls aufgesprungen ist. „Im Heiligen Buch steht: *Und Notch brach das Brot, reichte es seinen Jüngern und sprach ...*“

„Das ist eine unverschämte Lüge!“, ruft Magolus. „Ich dulde es nicht, dass solche infamen Behauptungen in meinem Dorf ausgesprochen werden!“

„Wie kannst du es wagen, mich der Lüge zu bezichtigen!“, widerspricht Wumpus. „Mich, Hohepriester Wumpus, den anerkannten Experten für das Heilige Buch, der täglich mit Notch persönlich spricht!“

„Ich spreche auch mit Notch, sogar dreimal täglich! Und er hat mir gerade gesagt, dass du ein elender Angeber und Lügner bist!“

„Ach ja? Selber Angeber! Selber Lügner!“

„Vielleicht solltest du deine kleine Überraschung für unsere Gäste jetzt vorführen, Ruuna", meint Willert.

„Wirklich? Aber es ist doch noch gar nicht dunkel", erwidert die Hexe.

„Nun mach schon, ehe die beiden sich an die Gurgel gehen!"

„Also gut, wie du meinst." Ruuna legt einige seltsame Gegenstände ins Gras neben dem Bankettttisch. Sie hebt die Hände und ruft: „Liebe Gäste, zum Zeichen unserer Freundschaft habe ich eine kleine Überraschung für euch vorbereitet!" Sie zündet die Gegenstände im Gras an.

Im nächsten Moment zischen mehrere Feuerstrahlen in den Himmel und explodieren hoch oben in bunten Lichterwolken. Zwar sieht das Feuerwerk am hellen Tag nicht ganz so spektakulär aus wie in der Nacht, aber es entlockt den Versammelten doch einige Ooohs und Aaahs. Auch die Delegation aus dem Wüstendorf zeigt sich beeindruckt.

Nur Hohepriester Wumpus macht ein verächtliches Gesicht. „Das ist doch gar nichts!", behauptet er. „Das kann doch jeder!" Er kickt mit dem Fuß einen der Gegenstände um, die Ruuna ins Gras gestellt hat.

„Nicht!", ruft die Hexe erschrocken. „Das kann ..."

Der Gegenstand zischt los, allerdings nicht senkrecht in den Himmel, sondern quer über den Bankettisch, wo er den Vorsitzenden des Landwirtschaftsverbands aus dem Wüstendorf trifft. Es gibt eine Explosion, und bunte Lichter tanzen ihm um den Kopf. Dann fängt seine Bauernkutte Feuer.

„Hilfe!“, ruft der Wüstendörfler. „Ich brenne!“

Rasch wirft Ruuna einen Glaskolben mit Wasser auf ihn, so dass die Flammen gelöscht werden. Doch der Golem scheint das als Angriff aufzufassen. Er stampft auf Ruuna zu und holt zum Schlag aus.

„Nein!“, ruft Willert und wirft sich dazwischen. Der Golem schlägt zu und schleudert ihn hoch in die Luft. Er landet ein Stück entfernt auf der Wiese.

Nun bricht Panik aus. Die Dorfbewohner rennen in alle Richtungen auseinander. Der Golem allerdings scheint es nur auf Ruuna abgesehen zu haben, denn er stapft hinter ihr her. Zum Glück ist er nicht besonders schnell.

„Da siehst du, was du angerichtet hast!“, schimpft Magolus. „Du und dein blöder Golem!“

„Das wollte ich nicht“, sagt Wumpus, der zum ersten Mal kleinlaut wirkt.

„Kannst du ihn nicht irgendwie anhalten?“, fragt Primo.

„Ich ... ich weiß nicht, wie.“

„Wenn Ruuna etwas passiert, dann könnt ihr was erleben!“, ruft Willert, der sich inzwischen wieder aufgerappelt hat.

Die Hexe hat mittlerweile das Flussufer erreicht. Sie watet durchs Wasser. Der Golem bleibt am Ufer stehen und blickt ihr nach.

Als sie das andere Ufer erreicht, streckt sie dem Koloss die Zunge heraus und ruft: „Ha! Fang mich doch, du dämlicher Golem!“

„Wir gehen jetzt!“, entscheidet Wumpus.

„Aber ... wollt ihr nicht noch über Nacht bleiben?“, fragt Porgo. „Ihr werdet es nicht vor Sonnenuntergang zurück zu eurem Dorf schaffen!“

„Pah! Uns kann nichts passieren. Wir haben ja den Golem!“

„Ja, genau, nehmt euren verflixten Golem und verschwindet, ihr Ketzer!“, ruft Magolus.

„Ketzer? Wir? Das muss ich mir nicht von jemandem sagen lassen, der das Heilige Buch nicht kennt!“

„Was? Ich soll das Heilige Buch nicht kennen? Ich, der es selber ergänzt und verbessert hat?“

„Ach, das ist ja interessant!“, sagt Porgo.

„Niemand kennt das Heilige Buch so gut wie ich!“, behauptet Wumpus. „Und ich sage dir, euer Exemplar ist eine billige Kopie voller Fehler! Das einzige echte Original haben wir, und was darin steht, stimmt!“

„Lügner!“, schreit Magolus. „Haut endlich ab aus meinem Dorf!“

Und das tut die Delegation aus dem Wüstendorf. Nachdem der Golem eingesehen hat, dass er Ruuna nicht erreichen kann, stapft er hinter seinem Herrn in Richtung der Flussquerung. Die Dorfbewohner folgen ihm in respektvoller Entfernung. Sobald sie den Fluss hinter sich gelassen haben, marschieren die Besucher in Richtung Osten, ohne sich noch einmal umzudrehen.

„Solche unwissenden Barbaren!“, sagt Magolus.

„Ich bin froh, dass sie weg sind“, meint Kolle.

„Ja, ich auch“, stimmt Primo zu. „Ich dachte schon, es gibt Krieg, wie bei den Zombie-Pigmen.“

„Pah!“, meint Magolus. „Mit diesen Schwächlingen wären wir allemal fertig geworden.“

„Aber sie hatten immerhin einen Golem“, meint Willert und reibt sich den Po, auf dem er gelandet ist, nachdem der Koloss ihn durch die Luft geschleudert hat.

„Ja“, meint Magolus nachdenklich. „Ja, sie hatten einen Golem.“ Er wendet sich an die anderen Dorfbewohner. „Steht hier nicht rum und glotzt! Räumt die Tische und das Essen weg! Birta, du sorgst dafür, dass nichts im Dorf mehr an diesen unseligen Besuch erinnert! Ich gehe derweil in der Kirche. Ich habe etwas mit Notch zu besprechen.“

5. Der Auftrag

„Das tut mir alles so leid!“, sagt Margi, während sie mit Primo, Kolle und Golina unter Birtas strenger Aufsicht beim Aufräumen hilft.

„Das ist doch nicht deine Schuld gewesen!“, nimmt Kolle sie in Schutz.

„Hätte ich nur nicht so von diesem Dorf geschwärmt“, widerspricht sie. „Dann wären Wumpus und seine Begleiter gar nicht erst hergekommen.“

„Ach was, es ist doch gar nichts passiert“, meint Primo.

„Nichts passiert?“, regt sich Kolle auf. „Hast du nicht gesehen, wie mich der Golem durch die Luft geschleudert hat?“

„Ja, schon, aber du bist wenigstens nicht verletzt worden. Verglichen mit dem, was wir beide schon erlebt haben, war das doch ein Klacks.“

„Da hast du allerdings recht“, gibt Kolle zu.

„Also, ich fand diesen Golem ziemlich eindrucksvoll“, sagt Golina. „Und so galant! Stimmt es, dass er die Dorfbewohner gegen Nachtwandler und Knochenmänner verteidigt, Margi?“

„Ja, das stimmt. Als Kind habe ich es selbst gesehen.“

„Also hatte Wumpus recht, dass ihnen nichts passieren kann, wenn sie nachts unterwegs sind?“, fragt Primo.

„So würde ich das nicht sagen“, meint Margi. „Aber sie werden schon zurechtkommen. Immerhin habt ihr beide schon bewiesen, dass die Welt außerhalb der Dörfer zwar gefährlich ist, dass man aber mit Mut und Geschicklichkeit trotzdem überleben kann. Und Wumpus ist zwar eingebildet und überheblich, aber er ist nicht dumm.“

„Genau wie Magolus“, meint Kolle.

„Das habe ich gehört!“, keift Birta. „Wie könnt ihr es wagen, unseren Herrn Priester mit diesem Ketzer zu vergleichen!“

„Beruhige dich, Birta“, sagt Primo. „Unser Priester ist mir tatsächlich lieber als dieser Wumpus. Und das will schon was heißen.“

Birta guckt ihn an, als sei sie sich nicht ganz sicher, ob das ein Kompliment oder eine Beleidigung sein soll.

Als hätte er gehört, dass über ihn gesprochen wird, kommt Magolus aus der Kirche. „Hört mich an, liebe Dorfgemeinde!“ Er breitet die Arme aus. „Notch, unser Schöpfer, hat zu mir gesprochen!“

Einige erstaunte Ausrufe sind zu hören. Es kommt nicht oft vor, dass Notch persönlich zu Magolus spricht. Primo ist sich nicht mal sicher, ob das überhaupt schon jemals passiert ist. Aber wenn Magolus so etwas behauptet, dann ist ihm das, was er zu sagen hat, auf jeden Fall wichtig, und man hört besser zu.

„Und Notch sprach zu mir: Gehe hin und baue einen Golem zu meinen Ehren, auf dass dieses Dorf am Rande der Schlucht das schönste und wichtigste auf Erden sei!"

„Auweia!", raunt Primo.

„Wieso ‚Auweia'?", flüstert Kolle.

„Rate mal, wer diesen Golem bauen muss!"

„Pst!", macht Birta. „Seid gefälligst still, wenn der Herr Priester das Wort Notchs verkündet!"

Magolus fährt fort: „Und Notch sagte, ich solle die beiden fähigsten Dorfbewohner für diese schwierige und ehrenvolle Aufgabe auswählen. Doch da Birta und ich bereits Wichtigeres zu tun haben, habe ich entschieden, dass Primo und Kolle den Auftrag ausführen sollen. Außerdem hat Notch noch gesagt, dass ich nun nicht mehr einfach Priester bin, und auch nicht bloß ein armseliger Hohepriester, wie sie ihn im Wüstendorf haben. Nein, Notch, unser allmächtiger Schöpfer hat mich in seiner Weisheit und Gnade zum Obersten Hohepriester von Allen ernannt."

„Oha!", meint Primo. „Hat er da nicht ein kleines bisschen übertrieben?"

„Also, ihr habt es gehört“, ruft Birta. „Tut, was der Priester … ich meine, Oberste Hohepriester von Allen euch aufgetragen hat, und baut einen Golem!“

„Ach, und wie sollen wir das machen?“, fragt Primo.

„Das ist doch kinderleicht!“, meldet sich Ruuna zu Wort. „Alles, was wir dazu brauchen, ist ein Kürbis. Und Schnee. Ganz viel Schnee.“

„Schnee?“, fragen Primo, Kolle und Magolus gleichzeitig.

„Ja, Schnee“, bestätigt Ruuna.

„Bist du dir da ganz sicher?“, fragt Primo.

„Ja, bin ich“, behauptet die Hexe.

„Was soll's, wir können es ja mal ausprobieren“, schlägt Porgo vor. „So ein Golem ist auf jeden Fall ein magisches Wesen, und mit Magie kennt sich Ruuna wohl am besten aus. Schnee ist jedenfalls nicht allzu schwierig zu bekommen.“ Der Schmied deutet auf die Berggipfel im Westen. „Kolle und Primo, ihr beide holt den Schnee. Wartet, ich gebe euch eine Schaufel mit.“

Die beiden machen sich auf den Weg.

„Schnee?“, fragt Primo, als sie den Berg hinaufklettern. „Ernsthaft?“

„Ich bezweifle ja auch, dass das funktionieren wird“, sagt Kolle. „Aber man weiß nie. Magie ist eben ein bisschen seltsam. Besonders, wenn Ruuna sie macht."

„Na, auf jeden Fall wird es interessant, zu sehen, was sie damit anstellt."

Als sie den Gipfel erreichen, schaufeln sie so viel Schnee auf, wie sie tragen können, und verdichten ihn zu Blöcken. Als sie schließlich mit ihrer kalten Last wieder im Dorf ankommen, haben Margi und Golina bereits einen Kürbis geerntet.

„So, jetzt zwei Schneeblöcke aufeinander stellen", sagt Ruuna.

Unter den kritischen Blicken der übrigen Dorfbewohner folgen Primo und Kolle ihren Anweisungen. Zum Schluss setzen sie einen Kürbis oben auf die Schneeblöcke. Die Skulptur erinnert entfernt an Nimrod mit seiner weißen Bibliothekarsrobe.

„Lebe!", ruft Ruuna und breitet die Arme aus. „Lebe, Mann aus Schnee, und tu, was man dir sagt!"

„Das ist doch lächerlich!", ruft Birta. „Dieses hässliche Schneegebilde wird doch niemals ..."

In diesem Moment geht ein Ruck durch den Schneemann. Er dreht seinen Kürbiskopf in Richtung Birta, dann setzt er sich langsam in Bewegung.

„Bei Notch!", ruft Magolus aus. „Er lebt tatsächlich!"

Seine Gehilfin wird bleich, als der Golem auf sie zu gleitet. „Geh weg, du hässliches Ding!“, schreit sie. „Verschwinde!“

Doch der Golem kommt ihr immer näher. In Panik wirft Birta einen Brotlaib nach ihm, doch das Brot prallt wirkungslos ab. Der lebendige Schneemann hält inne und neigt seinen Kürbiskopf nach vorn, als betrachte er verwundert das Brot. Dann sieht er Birta an und schüttelt leicht den Kopf.

„Verschwinde, du Monster!“, kreischt die verängstigte Priestergehilfin. Sie holt eine Hacke hervor und schlägt damit nach dem Golem.

Das scheint das künstliche Wesen ernsthaft zu verärgern. Es hat plötzlich einen Schneeball am Ende eines der beiden Stöcke, die ihm als Arme dienen, und schleudert ihn Birta an den Kopf.

„He, was ...“, protestiert Magolus' Gehilfin, doch da trifft sie schon der nächste Schneeball mitten ins Gesicht.

Birta ergreift die Flucht. „Hilfe!“, schreit sie, während der Golem hinter ihr hergleitet und sie mit Schneebällen bombardiert. „So helft mir doch!“

Erst, als sie sich in ihr Haus geflüchtet und die Tür hinter sich zugeschlagen hat, lässt der Golem von ihr ab.

„Hört gefälligst auf, zu lachen!“, sagt Magolus. „Dieses ... Ding hat Birta angegriffen! Ich kann nur hoffen, dass sie nicht verletzt wurde.“

Primo bemüht sich, ein ernstes Gesicht zu machen. „Sie hat doch angefangen! Wenn sie den Golem nicht geschlagen hätte ...“

„Golem? Das soll ein Golem sein?“, sagt Magolus verächtlich. „Der sieht aber überhaupt nicht so aus wie der, den die Wüstendorfbewohner dabei hatten.“

„Natürlich ist das ein Golem“, erklärt Ruuna. „Ein Schneegolem. Die sind doch viel lustiger als Eisengolems.“

„Ich will aber einen Eisengolem und nicht so ein dummes Schneedings!“, ruft der Priester. „Damit macht man sich ja lächerlich!“

Der Schneegolem dreht seinen Kopf in Magolus' Richtung. Primo hat den Eindruck, als blicke sein Kürbisgesicht besonders grimmig.

„Wenn du einen Eisengolem willst, dann musst du das auch sagen“, erwidert Ruuna.

„Das hab ich doch!“, behauptet Magolus.

„Hast du nicht. Du hast gesagt, wir sollen einen Golem machen, und wir haben einen gemacht.“

„Aber den da will ich nicht! Ich will einen Eisengolem! So einen, wie ihn diese Angeber vom Wüstendorf hatten! Und schafft dieses Ding da weg, es macht mir ja die ganzen Wege rutschig.“

Tatsächlich hinterlässt der Schneegolem einen rutschige Schneespur, wenn er sich bewegt, die jedoch in der Sonne rasch schmilzt.

„Weißt du denn, wie man eine Eisengolem macht, Ruuna?“, fragt Porgo.

„Nö“, meint die Hexe. „Woher soll ich das wissen? Ich weiß, wie man Schneegolems baut. Ich finde, das reicht.“

„Wusst ich's doch!“, ruft Magolus. „Die Hexe ist zu nichts zu gebrauchen. Vorhin hat sie sogar einen unserer Gäste in Brand gesteckt!“

Willert bekommt einen roten Kopf vor Zorn. „Das ist doch überhaupt nicht wahr! Alles, was Ruuna gemacht hat, war ein bisschen Feuerzauber zu Ehren unserer Gäste. Dass die Rakete nach hinten losgegangen ist, war die Schuld dieses aufgeblasenen Wichtigtuers Wumpus, und nur der schnellen Reaktion meiner Ruuna ist es zu verdanken, dass der arme Kerl nicht verbrannt ist.“

„Jedenfalls wäre das alles gar nicht passiert, wenn sie nicht mit Feuer herumgespielt hätte“, kontert Magolus.

„Ach, macht doch, was ihr wollt!“, ruft Willert aus. „Mir reicht es! Komm, Ruuna, wir gehen!“ Wütend stapfen die beiden davon. Der Schneegolem folgt ihnen.

„Und was machen wir jetzt?“, fragt Primo. „Hat irgendjemand eine Idee, wie man einen Eisengolem baut? Margi, hast du denn nie gesehen, wie bei euch im Dorf ein Golem geschaffen wurde?“

„Nein, leider nicht. Aber wir könnten in der Bibliothek nachsehen“, schlägt Margi vor. „Vielleicht finden wir in einem der Bücher eine Anleitung.“

Also gehen die vier Freunde in Kolles Elternhaus. Hier sieht es immer noch genauso aus wie beim letzten Mal, als sie eine Anleitung für den Bau einer Endertruhe suchten.

„Vater, haben wir zufällig ein Buch, in dem steht, wie man einen Eisengolem baut?“, fragt Kolle.

„Natürlich, mein Sohn, natürlich“, behauptet Nimrod, ohne von dem Buch aufzusehen, in dem er gerade blättert.

„Und wo ist es?“

„Es lag vorhin da hinten auf dem Stapel in der Ecke“, erklärt der Bibliothekar.

Die Freunde durchsuchen den angegebenen Stapel und die vier angrenzenden, finden jedoch nichts.

„Hier ist kein Buch über Golems, Vater“, sagt Kolle. Er klingt, als hätte er nichts anders erwartet.

„Hm“, meint Nimrod. „Kann schon sein. Sagt mal, Kinder, könnt ihr vielleicht ein andermal wiederkommen? Ich bin gerade beim Aufräumen.“

„Vater!“, sagt Kolle energisch. „Wir haben von Magolus den Auftrag bekommen, einen Eisengolem zu bauen. Wir wissen aber nicht, wie. Also müssen wir ein Buch suchen, in dem es steht. Du weißt doch, wie Magolus ist, wenn man nicht gleich tut, was er sagt.“

„Ja, ja, schon gut“, sagt Nimrod und klappt das Buch zu. „Was genau wolltet ihr noch mal wissen?“

„Wir suchen ein Buch über Golems“, erklärt Margi geduldig.

„Über Golems? Warum sagt ihr das nicht gleich?“

Kolle seufzt. „Haben wir ein Buch über Golems oder nicht?“

„Na klar haben wir eins.“

„Und wo ist es?“

„Hier!“ Kolles Vater hält das Buch hoch, in dem er gerade gelesen hatte.

Primo betrachtet den Einband. *„Meine Reise in den fernen Westen“*, liest er vor. „Geschrieben von einem gewissen Lausius. Das klingt aber nicht wie ein Buch über Golems.“

„Aber doch, natürlich, natürlich“, erklärt Nimrod. „Ich habe es doch gerade gelesen.“ Er klappt das Buch auf. „Hier steht es: *Und dann sah ich zu, wie der Dorfschmied einen eisernen Golem baute.*“

„Und beschreibt dieser Lausius auch, wie der Schmied das gemacht hat?“, fragt Kolle.

„Nein, leider nicht", erwidert Nimrod.

„Dann nützt es uns nichts. Wir müssen weitersuchen."

„Moment mal", wendet Primo ein. „Lausius, ist das vielleicht derselbe, der versucht hat, zu beweisen, dass es einen Durchgang von der Höhle unter dem Dorf zur Schlucht gibt?"

„Ja, das ist er", bestätigt Nimrod. „Ich war noch ein kleiner Junge, als ich ihn zum letzten Mal sah. Aber ich weiß, dass er genauso verrückt ... ich meine, abenteuerlustig war wie du, Primo. Er wollte die Welt erforschen. Und das hat er auch gemacht."

„Das heißt, das, was er in dem Buch beschreibt, hat er wirklich erlebt?", hakt Primo nach.

„Und wenn schon?", fragt Kolle. „Was nützt uns das? Lausius ist doch längst tot."

„Es bedeutet, dass es in dem Dorf im Westen, in dem Lausius war, einen Schmied gibt, der weiß, wie man einen Golem baut", erklärt Primo.

„Oh nein!", sagt Golina. „Nein, das kommt überhaupt nicht infrage!"

„Was kommt nicht infrage?", fragt Margi.

„Dass die Jungs schon wieder auf eine Abenteuerreise gehen."

„Aber Magolus hat doch gesagt, wir sollen einen Golem bauen!", sagt Primo. „Und man muss immer tun, was der Priester sagt!"

Golina sieht ihn finster an. „Seit wann interessierst ausgerechnet du dich dafür, was Magolus sagt?"

„Fändest du es nicht auch gut, wenn unser Dorf einen Golem hätte?", fragt Primo.

„Wir haben ja Kolle", erwidert Golina.

Doch das bestärkt Primo nur in seiner Entschlossenheit: „Denk an den bösen Enderman Artrax! Er ist zwar bis jetzt nicht wieder aufgetaucht, aber vielleicht sinnt er insgeheim auf Rache. Wenn er wieder mit seiner Nachtwandler-Armee angreift, wäre es da nicht gut, wenn wir einen Golem hätten? Oder vielleicht sogar mehrere?"

„Schon, aber ... das kommt nicht infrage! Das ist viel zu gefährlich!"

„Ach was", winkt Primo ab. „Wenn der alte Lausius in dieses Dorf gereist und heile wieder zurückgekommen ist, dann können Kolle und ich das auch! Stimmt's, Kolle?"

Kolle blickt zwischen Margi, Golina und Primo hin und her. „Was denkst du, Margi?"

„Ich glaube, Primo hat recht: Dieses Dorf könnte einen Golem gut gebrauchen. Und zu viert werden wir es schon schaffen, zumal wir ja das Buch als Reiseführer haben."

„Zu viert?", fragt Primo. „Was meinst du mit ‚zu viert'?"

„Na, wenn ihr zwei geht, dann kommen wir natürlich mit“, erklärt Golina. „Einer muss ja aufpassen, dass ihr nicht schon wieder Unsinn anstellt.“

„Das kommt überhaupt nicht infrage!“, ruft Primo. „Das ist viel zu gefährlich!“

„Ach ja?“, meint Golina. „Habe ich dasselbe nicht gerade eben zu dir gesagt?“

„Schon, aber ...“

„Keine Widerrede! Entweder, wir gehen alle vier, oder keiner geht!“

Primo seufzt. „Na gut, wenn ihr unbedingt wollt.“ Er wirft Kolle einen bedeutungsvollen Blick zu.

„Und wagt es ja nicht, heimlich ohne uns aufzubrechen!“, mahnt Golina.

Primo wird rot. „Was? Wie ... wie kommst du denn darauf?“

Sie nimmt Nimrod das Buch aus der Hand. „Das behalte lieber ich. Damit die Jungs nicht auf dumme Gedanken kommen.“

„Steht in dem Buch denn, wo das Dorf liegt, in dem dieser Schmied lebt?“, fragt Kolle.

„Hm, mal sehen“, sagt Golina. Sie blättert durch das Buch. *„Am Morgen stach ich in See mit einer leichten Brise vom Land her ...* Was soll das denn bedeuten? Wieso hat er in einen See gestochen? Hat er versucht, auf diese Weise einen Fisch zu fangen?“

„Ich glaube, das bedeutet etwas anderes“, erklärt Nimrod. „‚In See stechen‘ ist ein altmodischer Ausdruck für ‚mit dem Boot übers Meer fahren‘.“

„Lausius ist also mit einem Boot gefahren? Übers offene Meer?“, fragt Primo, dem erste Zweifel kommen, ob die Idee mit der Reise in ferne Länder wirklich so eine gute war.

„Sieht so aus“, bestätigt Nimrod.

„Nach langer Überfahrt erreichte ich endlich ein sandiges Eiland“, liest Golina weiter vor. „Was ist denn das schon wieder?“

„Wahrscheinlich ein Land, in dem es viele Eier gibt“, spekuliert Primo.

„Dort übernachtete ich und sicherte die Insel mit Fackeln gegen das Auftauchen von Nachtwandlern und Knochenmännern, so dass ich von diesen lichtscheuen Gesellen unbehelligt blieb. Bei Sonnenaufgang setzte ich die Reise nach Westen fort und erreichte bald eine weitläufige Bucht. Hier gab es keine Anzeichen menschlicher Behausung, doch waren die Ufer mit seltsamen, riesigen Bäumen bewachsen, deren Blattwerk so dicht wuchs, dass darunter Finsternis herrschte. Ich beschloss, keinen Landgang zu riskieren, da ich nicht wusste, welch unbekannte Gefahren dieser Urwald barg. Bald

erreichte ich eine Flussmündung, die mir eine halbwegs sichere Weiterfahrt ins Landesinnere ermöglichte. Jetzt folgen langweilige Beschreibungen der Pflanzen. Lausius scheint sich sehr für Bäume und Blumen interessiert zu haben." Golina blättert weiter. „Ah, hier wird's wieder interessant: *Die Sonne ging bereits unter und ich machte mir Sorgen um meine nächtliche Sicherheit, denn es war zu spät, um noch einen Unterschlupf zu bauen, und der Fluss war zu schmal, um den Pfeilen der Knochenmänner auszuweichen, falls diese mich vom Ufer her unter Beschuss nehmen sollten. Da gewahrte ich zu meinem Glück hinter einer Flussbiegung ein Licht. Ich wagte kaum zu hoffen, dass dies meine Rettung sein könne, und rechnete mit einem glühenden Lavateich als Quelle des Leuchtens. Doch ich hatte Glück: Es waren die freundlichen Lichter eines Dorfes."*

„Also ist er einfach mit einem Boot nach Westen gefahren", fasst Primo zusammen, „hat in einem Land voller Hühner übernachtet, ist dann am nächsten Tag einen Fluss entlanggefahren und hat abends das Dorf entdeckt. Klingt nicht besonders schwierig."

„Na, das werden wir ja sehen", meint Kolle skeptisch.

„Die Frage ist nur, wo kriegen wir ein Boot her?“, fragt Margi.

„Vielleicht kann uns Olum, der Fischer helfen“, sagt Golina. „Wenn sich einer im Dorf mit Booten auskennt, dann er.“

„Wir fragen ihn besser morgen“, schlägt Primo vor. „Es ist schon spät.“

6. Das Boot

„Wozu braucht ihr denn ein Boot?“, fragt Olum, als die vier Freunde ihn am nächsten Morgen beim Angeln antreffen.

„Wir wollen übers Meer nach Westen reisen“, erklärt Primo.

„Nach Westen? Was wollt ihr denn da?“

„Ferne Länder entdecken, Abenteuer erleben, kostbare Schätze ...“

„Wir müssen rauskriegen, wie ein Golem gemacht wird“, unterbricht ihn Golina. „Angeblich gibt es im Westen ein Dorf, in dem ein Schmied lebt, der weiß, wie es geht.“

„Und woher wisst ihr das?“

„Aus einem Buch. Der alte Lausius hat es geschrieben.“

„Lausius? Der war doch verrückt!“ Olum tippt sich an die Stirn. „Wollte immer bloß ferne Länder entdecken, Abenteuer erleben, kostbare Schätze finden und so’n Zeug. Dabei ist das Beste, was man in der Welt finden kann, ein guter Platz zum Angeln. Und dafür muss ich nicht übers Meer nach Westen fahren.“

„Weißt du vielleicht, wie man einen Golem baut?“, fragt Primo.

„Nein, woher soll ich das wissen?“

„Also, dann müssen wir eben doch nach Westen. Sagst du uns jetzt, wie man ein Boot herstellt?“

„Na schön, ihr könnt meins haben. Es liegt am Strand. Aber bringt es mir heile wieder zurück.“

„Du hast ein Boot? Das wusste ich gar nicht.“

„Ich hab es vor langer Zeit gebaut. Ich dachte, draußen auf dem Meer kann man vielleicht größere Fische fangen. Schließlich haben die da mehr Platz zum Wachsen. Aber das war ein Reinfall: Die Fische im Meer sind genauso groß wie die im Fluss. Seitdem hab ich das Boot nicht mehr benutzt und angle lieber hier.“

Primo erinnert sich, als Kind manchmal am Meeresstrand gewesen zu sein, doch er war schon länger nicht mehr dort. „Wo genau finden wir denn dein Boot?“

„Geht einfach südlich der Schlucht nach Westen, an der Tiefenschlucht vorbei und immer geradeaus, dann kommt ihr irgendwann ans Meer.“

„Vielen Dank, Olum.“

„Viel Spaß auf dem Meer! Und lasst euch nicht von den Meeresungeheuern fressen!“

„Meeresungeheuer?“, fragt Golina. „Was denn für Meeresungeheuer?“

„Ach was, das hab ich nur so dahin gesagt“, erklärt Olum. „Es gibt gar keine Meeresungeheuer. Außer den Wächtern natürlich, aber die leben in der

Tiefe und kommen nur ganz selten an die Oberfläche."

„Wächter?", fragt Golina mit besorgter Miene. „Was denn für Wächter?"

„Sie bewachen die versunkenen Tempel im Meer. Jedenfalls der Legende nach. Macht euch keine Sorgen. Das Meer ist ganz harmlos. Glaub ich jedenfalls. Ich hab mich nie weiter von der Küste entfernt, als ich meine Angel auswerfen konnte."

„Lasst uns gehen!", sagt Primo, bevor Olum noch mehr Verunsicherung stiften kann.

„Wir brauchen noch Proviant", meint Golina. „Komm, Margi, wir packen etwas ein. Ihr Jungs könnt ja inzwischen eure Ausrüstung zusammensuchen. Schwerter und Äxte und Spitzhacken und was ihr sonst noch so braucht."

„Gut, wir treffen uns gleich bei mir", schlägt Primo vor.

Kurze Zeit später kommen Margi und Golina in die Schmiede. Gemeinsam schleppen sie eine schwere Kiste.

„Was soll das denn?", fragt Primo. „Wozu braucht ihr denn die Kiste?"

„Na, wir müssen doch für alle Fälle vorbereitet sein", sagt Golina.

Primo öffnet die Kiste. „Zwanzig Brote, zehn gebratene Hühnchen, vier Eimer Milch, acht Äpfel, acht Ballen Wolle, eine Schere ... und was ist das hier?“

„Das sind Ersatzroben für Margi und mich“, erklärt Golina. „Falls unsere schmutzig werden.“

„Ersatzroben? Für jede von euch? In vier verschiedenen Farben?“

„Natürlich“, sagt Golina. „Man muss doch schick aussehen, wenn man auf Reisen geht, oder?“

„Und die Wolle? Wozu braucht ihr die?“

„Na, glaubst du etwa, wir wollen auf dem harten Boden schlafen?“

Primo schüttelt den Kopf. „Das können wir unmöglich alles mitschleppen!“

„Lass nur“, entgegnet Kolle. „Ich schaff das schon.“ Er packt die Kiste und hebt sie ächzend hoch. „Auf jeden Fall verhungern wir unterwegs nicht so schnell.“

Primo packt ein Dutzend Fackeln ein, dazu das magische Diamantschwert, das er von den Endermen bekommen hat. Kolle hat eine Axt und eine Spitzhacke dabei. So ausgerüstet machen sich die vier auf den Weg.

An der Schlucht steht eine kleine Delegation von Dorfbewohnern, um sie zu verabschieden und ihnen für die Reise Glück zu wünschen.

„Ich bin stolz auf dich, mein Sohn!“, sagt Porgo. „Ich wünsche euch eine gute Reise.“

„Seid ihr sicher, dass Willert und ich nicht mitkommen sollen?“, fragt Ruuna, die extra mit Willert gekommen ist, um den Freunden alles Gute zu wünschen.

„Lass nur, Ruuna“, sagt Willert. „Die jungen Leute müssen ihre eigenen Abenteuer erleben.“

Zum Schluss richtet Magolus noch ein Wort des Abschieds an die vier: „Möge Notch euch auf eurem Weg begleiten und eure Suche zum Ziel führen, auf dass mein Ruhm ... ich meine, der Ruhm dieses Dorfs bald durch einen Golem gemehrt wird.“

„Ich dachte, wir brauchen den Golem zur Verteidigung?“, flüstert Kolle Primo zu.

„Magolus setzt wohl etwas andere Prioritäten“, flüstert Primo zurück.

„Hört auf, zu tuscheln, wenn der Oberste Hohepriester von Allen spricht!“, schnauzt Birta. „Und trödelt mir unterwegs nicht rum!“

„Willst du nicht mitkommen, liebe Birta?“, säuselt Primo. „Ich weiß nicht, ob wir ohne dich wirklich den Weg zu dem fernen Dorf finden.“

„Bist du verrückt?“, murmelt Kolle.

„Das traut sie sich nie im Leben!“, flüstert Primo zurück.

Magolus kratzt sich am Kopf. „Vielleicht wäre es nicht schlecht, wenn eine Erwachsene dabei ist ...“

„Ich würde ja gern“, sagt Birta rasch. „Aber leider geht das nicht. Ich muss mich um die Blumen bei der Kirche kümmern, und die Robe des OHA ... ich meine, des Obersten Priesters von Allen muss gewaschen werden, und ...“

„Meine Robe?“, fragt Magolus irritiert. „Was ist denn mit meiner Robe? Die hat doch nicht etwa einen Fleck?“

„Lass uns lieber aufbrechen, bevor sie sich’s anders überlegt“, meint Kolle.

Primo nickt. Sie umarmen ihre Eltern, Ruuna und Willert und winken den übrigen Dorfbewohnern zum Abschied zu. Dann marschieren sie los, an der Schlucht entlang Richtung Westen.

„Sollen wir einen von denen mitnehmen?“, fragt Margi und zeigt auf ein paar Kürbisse, die am Rand der Schlucht wachsen.

„Wozu?“, fragt Primo.

„Ruuna sagte doch, dass man zum Herstellen eines Golems einen Kürbis braucht.“

„Wir haben auch so schon genug zu schleppen“, widerspricht Kolle.

Sie durchqueren hügeliges Grasland, das von einzelnen Bäumen bestanden ist. Bald gelangen sie an eine zweite Schlucht.

„Das ist die Tiefenschlucht“, erklärt Kolle Margi. „Sie heißt so, weil sie noch tiefer ist als die Schlucht neben unserem Dorf.“

Margi wirft einen Blick hinunter. „Wirklich ziemlich tief.“

„Aber noch lange nicht so tief wie die, die unter dem Dorf liegt“, sagt Kolle nicht ohne Stolz.

„Und in sowas seid ihr herumgeklettert?“, fragt Golina.

„Pah, da ist doch nichts dabei!“, behauptet Primo.

Golina schüttelt den Kopf. „Jungs!“

Sie lassen die Schlucht hinter sich und erreichen endlich die Küste. Feiner Sandstrand säumt das Ufer eines Meeresarms, der sich von Südosten nach Nordwesten erstreckt. Er ist schmal genug, dass man das ferne Ufer sehen kann.

„Und wo ist jetzt Olums Boot?“, fragt Golina.

„Ich glaube, da vorne“, meint Margi und zeigt auf etwas, das wie ein Haufen vermoderter Bretter aussieht.

„Was, das da?“, fragt Golina. „Da sollen wir alle reinpassen?“

„In der Tat, das könnte etwas eng werden“, stellt Primo fest. Das Boot ist kaum so groß wie ein Bett.

„Lasst uns erst mal sehen, ob es überhaupt schwimmt“, sagt Kolle.

Er setzt die Truhe im Sand ab und zieht das Boot gemeinsam mit Primo ins Wasser. Es hat eine rechteckige Form und zwei Ruder an den Seiten. Sogar eine Angel liegt noch darin. Entgegen Primos Erwartung scheint der Rumpf unbeschädigt zu sein. Das Boot dümpelt leicht in den Wellen, die an den Strand spülen.

Kolle hebt die Truhe in das Boot. Es sinkt ein Stück tiefer ins Wasser, schwimmt aber noch. Allerdings ist jetzt kein Platz mehr für Menschen.

„So wird das nichts", stellt Primo fest.

„Und wenn wir uns einfach oben auf die Truhe setzen?", schlägt Golina vor.

Sie probieren es aus, doch schon das Gewicht von Primo oben auf der Truhe ist zu viel für das kleine Boot. Es sinkt so tief ein, dass die Wellen über die Bordkante schwappen.

„Die Truhe muss hierbleiben", stellt Kolle fest. „Und ich fürchte, zu viert werden wir auch nicht fahren können. Da passen höchstens zwei rein."

„Wie wär's, wenn ihr einfach hierbleibt und Kolle und mich in den Westen fahren lasst?", schlägt Primo vor.

Golina wirft ihm einen giftigen Blick zu. „Das könnte dir so passen!"

„Primo hat recht, Golina", sagt Margi. „Zu viert können wir in dieser Suppenschüssel nie und nimmer fahren."

„Dann fahre eben ich mit Primo!"

„Aber Kolle ist der Einzige von uns, der stark genug ist, um mit allen Monstern fertig zu werden. Er muss auf jeden Fall dabei sein."

„Dann fährst du mit Kolle, und Primo bleibt hier bei mir."

„Nein!", rufen Kolle und Primo gleichzeitig.

Die Mädchen machen finstere Gesichter. „Ach ja?", fragt Golina. „Und was passt dir daran nicht? Willst du etwa nicht bei mir bleiben?"

„Nein ... ich meine, doch, natürlich, aber ..."

„Priester Magolus hat Primo und mir den Auftrag gegeben", sagt Kolle. „Es ist wirklich sehr schade, dass ihr nicht mitkommen könnt, aber das Boot ist nun mal voll, wenn wir zwei drin sind."

„Das ist ja sehr merkwürdig, dass ihr beide auf einmal so begeistert alles tut, was Magolus euch sagt!", meint Margi.

„Lass sie doch!" Golina sieht richtig sauer aus. „Die machen doch sowieso, was sie wollen!"

„Also schön." Margi seufzt. „Aber seid vorsichtig. Macht keinen Unsinn. Und kommt so schnell es geht wieder zurück, okay?"

„Ja klar, das machen wir“, versprechen Kolle und Primo, während sie die Mädchen zum Abschied umarmen. Golina allerdings versteift sich dabei, und auch den Abschiedskuss, den Primo ihr geben will, erwidert sie nicht.

7. Auf dem Meer

Die Sonne steht hoch am Himmel, als sich das kleine Boot die Bucht entlang Richtung Nordwesten bewegt. Das Meer ist ruhig, und sie kommen gut voran. Primo findet diese Art der Fortbewegung viel angenehmer, als zu Fuß zu gehen. Tintenfische strecken hin und wieder ihre Fangarme aus dem Wasser, als wollten sie ihnen zuwinken.

Bald erreichen sie eine Meerenge. Links ragen steile Felsen auf, während das rechte Ufer aus bewaldeten Hügeln besteht.

„Ich glaube, wir müssen jetzt nach Westen steuern“, meint Primo, nachdem sie eine Landzunge umrundet haben.

„Und wo genau ist Westen?“, fragt Kolle.

„Da, wo die Sonne untergeht.“

„Aber die Sonne geht ja gar nicht unter. Sie steht hoch am Himmel.“

„Macht nichts. Wenn man genau hinsieht, kann man erkennen, in welche Richtung sie sich bewegt. Nach Westen geht es da lang.“

Sie rudern weiter. Nach einer Weile wird Primo müde, doch er traut sich nicht, es zuzugeben, denn Kolle taucht sein Ruder ohne zu murren mit gleichmäßigem Rhythmus ein.

Eine Zeitlang führt sie der Kurs entlang einer felsigen Küste auf der linken Seite. Doch als die Sonne bereits den Zenit überschritten hat, fällt das Land zurück. Bald sind sie mitten auf dem Ozean. In jeder Richtung ist nur Wasser zu sehen, soweit das Auge reicht.

„Ich wusste nicht, dass das Meer so groß ist!“, stellt Kolle fest.

„Wenn es Meerungeheuer gibt, dann wahrscheinlich hier“, scherzt Primo.

Kolle wirft ihm einen finsteren Blick zu. „Darüber macht man keine Witze!“

Schweigend rudern sie weiter. Primos Arme tun ihm weh, und er schwitzt unter der sengenden Sonne. Am liebsten würde er sich zur Abkühlung ins Wasser stürzen, aber er hat Sorge, dass er dann Schwierigkeiten hätte, wieder ins Boot zu klettern. Außerdem kann man nicht wissen, ob nicht vielleicht doch irgendein Monster unter der Meeresoberfläche lauert.

„Jetzt wissen wir jedenfalls, wo Westen ist“, stellt Kolle fest, als die Sonne hinter dem Horizont verschwindet und der Himmel sich rot färbt. „Sollten wir nicht irgendwo anhalten?“

„Anhalten?“, erwidert Primo. „Siehst du hier irgendwo einen Ort, an dem wir anhalten könnten?“

„Na schön, dann rudern wir eben einfach weiter.“

Allmählich wird es dunkel, und die Sterne zeigen sich. Ein Halbmond erhebt sich im Osten und zieht träge über den Nachthimmel. Primo fällt in einen Dämmerzustand: Ruder eintauchen, ziehen, nicht an die Schmerzen in Armen und Rücken denken, Ruder eintauchen, ziehen ...

Sie passieren eine sandige Landspitze im Norden. Am Ufer stehen Knochenmänner, Nachtwandler und Knallschleicher, die ihnen enttäuscht nachzublicken scheinen. Einmal glaubt er für einen kurzen Moment ein violettes Augenpaar aufleuchten zu sehen, doch es könnte auch eine Täuschung gewesen sein. Bald gerät das Land wieder außer Sichtweite und offenes Meer erstreckt sich in alle Richtungen.

Als die Sonne aufgeht, ist Primo am Ende seiner Kräfte. „Ich kann nicht mehr!“, keucht er. „Lass uns mal eine Pause machen!“

„Meinst du, wir sind bald da?“, fragt Kolle.

Primo blickt sich um. „Ich ... ich weiß es nicht.“

„Lass uns erstmal was essen“, schlägt Kolle vor. „Danach geht es uns vielleicht besser.“ Doch auch er wirkt sehr erschöpft.

Sie verspeisen Brot und gebratenes Hühnchen, das sie als Proviant mitgenommen haben. Die meisten Vorräte sind jedoch in der Kiste zurückgeblieben.

„Wir hätten vielleicht mehr Essen mitnehmen sollen", meint Kolle und blickt über das weite Meer.

„Ach was", meint Primo. „Wir haben doch eine Angel!"

Er wirft sie aus. Tatsächlich beißt schon nach kurzer Zeit ein Fisch an. Primo steckt ihn ein und wirft die Angel erneut aus.

„Heißt das, wir müssen uns ab jetzt von rohem Fisch ernähren?", fragt Kolle.

„Wir können ihn ja braten, wenn wir an Land sind."

„Falls wir jemals wieder Land finden", seufzt Kolle. „Ich hab Durst. Kannst du mir bitte etwas Milch geben?"

„Ich hab keine. Ich dachte, du hättest sie genommen."

„Na großartig! Und was sollen wir jetzt trinken?"

„Wasser gibt es hier doch mehr als genug!", meint Primo.

„Igitt! Da drin schwimmen Fische und wer weiß was noch alles."

„Stell dich nicht so an", sagt Primo gereizt.

Kolle wirft ihm einen finsteren Blick zu, doch dann beugt er sich über den Rand des Bootes und schöpft etwas Wasser. Er trinkt einen Schluck, spuckt ihn jedoch sofort wieder aus. „Igitt! Das schmeckt ja scheußlich!"

Primo rollt mit den Augen. „Was ist bloß los mit dir? Du führst dich ja auf wie ein Mädchen! Pass auf, ich zeig's dir." Auch er schöpft etwas Wasser und trinkt davon, spuckt es jedoch ebenfalls angewidert aus. „Das schmeckt ja wirklich fürchterlich. Ganz salzig!"

„Toll, dass du es mir jetzt glaubst. Danke auch, dass du meine Robe voll Wasser gespuckt hast!"

„Ent... entschuldige. Ich glaube, ich bin etwas übermüdet."

„Ich ehrlich gesagt auch. Wir können ja einfach im Boot schlafen. Es ist zwar etwas eng, aber es wird schon gehen."

„Gute Idee."

So gut es geht, machen es sich die beiden in dem engen Boot bequem. Schon bald fallen Primo die Augen zu. Er träumt davon, in einem riesigen Meer zu schwimmen. Weit und breit ist kein Ufer in Sicht. Auch ein Boot ist nirgends zu sehen. Da packt ihn etwas an den Füßen und zieht ihn in die Tiefe. Wasser schwappt über sein Gesicht ...

Primo schreckt aus dem Schlaf. Sein Gesicht ist tatsächlich nass. Doch es ist kein Meerwasser, sondern Regen, der ihm in den Kragen seiner Robe läuft. „Na großartig!", schimpft er. „Jetzt kommt das Wasser auch noch von oben!"

„Wenigstens haben wir jetzt was zu trinken“, meint Kolle und lässt den Regen in seinen offenen Mund plätschern.

Sie rudern weiter, während Regentropfen unablässig auf das Boot prasseln.

Nach einer Weile sagt Kolle: „Ich glaube, wir gehen unter!“

„Was?“, fragt Primo. „Wie kommst du darauf?“

„Das Boot sinkt immer tiefer ins Wasser.“ Er deutet auf die Kante des Bootes.

Schon, als sie losfuhren, ragte das kleine Boot nicht sehr weit aus dem Wasser, doch jetzt ist es so tief, dass hin und wieder Wellen über die Bordkante schwappen. Kolle hat recht - sie sinken!

„Ich glaube, das liegt am Wasser“, meint Primo.

„Du meinst, das Meer macht das Boot kaputt?“

„Nein, ich meine das Wasser im Boot. Der Regen hat es schon zur Hälfte gefüllt.“

„Und deswegen gehen wir unter?“

„Ich bin mir nicht sicher, aber ich glaube, das Boot schwimmt, weil es leichter als Wasser ist. Das Regenwasser macht das Boot schwerer, also sinkt es tiefer ein.“

„So ein Unsinn!“, entgegnet Kolle. „Wasser kann man nicht tragen, also hat es auch kein Gewicht.“

„Jetzt redest du Unsinn!“, widerspricht Primo. „Ein Eimer voller Wasser ist schwerer als ein leerer, oder nicht? Also hat Wasser sehr wohl ein Gewicht!“

„Und wie kriegen wir das Wasser aus dem Boot?“, fragt Kolle.

„Ich habe hier noch eine Schale Pilzsuppe“, stellt Primo fest.

„Pilzsuppe? Was sollen wir denn jetzt mit Pilzsuppe?“, will Kolle wissen.

„Gar nichts.“ Primo kippt die Suppe ins Meer. „Aber mit der Schale können wir das Wasser leichter aus dem Boot schöpfen.“

„Hätten wir die Suppe nicht erst aufessen können?“, fragt Kolle.

Missmutig schöpft Primo Regenwasser aus dem Boot und kippt es ins Meer. Nachdem er das eine Zeitlang gemacht hat, zeigt sich, dass er recht hatte: Das Boot hebt sich wieder ein Stück weit aus dem Meer. Bald hört es auf zu regnen, und die Sonne kommt hinter den Wolken zum Vorschein.

Sie steht bereits hoch am Himmel, als Kolle plötzlich ruft: „Land! Land in Sicht!“

Am Horizont ist ein flacher grauer Streifen zu sehen. Als sie näher kommen, erkennt Primo mehrere sandige Hügel, die aus dem Wasser ragen.

„Meinst du, das ist die ferne Küste, die Lausius beschrieben hat?“, fragt Kolle.

„Weiß nicht. Lass uns mal näher heranrudern."

Es handelt sich um einige kleine Inseln, die einem Landstreifen weiter nördlich vorgelagert sind. Außer etwas Zuckerrohr und ein paar Kakteen scheint es hier nicht viel zu geben. Im Westen setzt sich das Meer fort.

„Vielleicht ist das dieses Eiland, von dem Lausius sprach", spekuliert Kolle.

„Siehst du hier irgendwo Eier?", fragt Primo. Doch dann stutzt er. „Warte mal, da vorne, ist das nicht eine Fackel? Ja, tatsächlich!"

Als sie näher an die erste Insel heranrudern, sind die Spuren offensichtlich: Jemand war hier.

„Lass uns mal an Land gehen", schlägt Primo vor.

„Au ja", sagt Kolle. „Ich möchte mir auch mal die Beine vertreten. Auf die Dauer ist es ganz schön unbequem in diesem engen Boot."

„Vielleicht sollte lieber einer von uns im Boot bleiben", meint Primo. „Wenn es davon treibt, kommen wir nie wieder nach Hause."

„Ja, vielleicht hast du recht. Na gut, dann geh du zuerst."

Sie steuern das Boot an die Küste, bis es sanft den Sandstrand berührt. Primo klettert auf die Insel. Er muss sich erst wieder daran gewöhnen, festen Boden unter den Füßen zu haben, und macht ein paar wackelige Schritte. Dann klettert er den kleinen Hügel hinauf.

„Hast du was gefunden?“, fragt Kolle, der im Boot sitzen geblieben ist.

„Ein paar Stöcke liegen herum. Sonst nichts.“

„Meinst du, es war Lausius, der die Fackeln hier zurückgelassen hat?“

„Wer sollte es sonst gewesen sein?“ Primo kehrt zum Boot zurück.

„Lass mich auch mal an Land“, bittet Kolle.

„Gut, aber ich komme erst an Bord. Warte, bleib sitzen, bis ich ...“

Weiter kommt er nicht. Im selben Moment, in dem er ins Boot klettern will, versucht Kolle, an Land zu gehen. Die Folge ist, dass sich beide auf derselben Seite des Bootes befinden, das dadurch Schlagseite bekommt. Kolle und Primo verlieren das Gleichgewicht und platschen ins Wasser. Durch den Ruck bekommt das Boot einen Schubs und treibt aufs Meer hinaus.

„Das Boot!“, ruft Primo. „Unser Boot schwimmt weg!“

„Auweia!“, jammert Kolle. „Was machen wir bloß? Wie sollen wir ohne Boot jemals von dieser Insel wegkommen?“

„Beruhig dich“, sagt Primo und schwimmt hinter dem Boot her. Zum Glück verliert es rasch an Fahrt und dümpelt nicht weit vom Ufer entfernt im Wasser, so dass Primo es bald erreicht hat. An Bord zu klettern gestaltet sich allerdings nicht so einfach, wie er es sich vorgestellt hat. Prustend und japsend hängt er an der Bordwand und versucht, sich hochzuziehen, doch die nasse Robe scheint ihn zurück ins Meer zerren zu wollen.

„Ich komm nicht rein!“, keucht er.

„Achtung! Ein Meerungeheuer!“, brüllt Kolle vom Ufer her.

„Was?“ In Panik zieht sich Primo an der Bordwand hoch und schafft es mit letzter Kraft ins Boot. Dort rappelt er sich auf und sieht sich um. „Wo ist denn hier ein Meerungeheuer?“

„Ich hab dich auf den Arm genommen. Da war gar kein Meerungeheuer.“

„Bist du verrückt? Ich wäre fast gestorben vor Angst!“

„Und deshalb hattest du plötzlich die Kraft, die du brauchtest, um dich ins Boot zu ziehen. So ähnlich, wie ich nur stark bin, wenn ich wütend werde.“

Primo hätte nicht übel Lust, seinem Freund eine Lektion zu erteilen, indem er mit dem Boot davon rudert und ihn eine Weile auf der Insel schmoren lässt. Doch er weiß, dass Kolle recht hat. Also kehrt er zur Insel zurück und lässt ihn einsteigen.

„Was denkst du, wie weit ist es noch?", seufzt Kolle. „Ich habe das Gefühl, wir werden dieses ferne Ufer im Westen niemals erreichen!"

„Ich hab eine Idee, wie wir schneller vorankommen", sagt Primo, dem der Rücken vom unbequemen Rudern schmerzt. „Komm, hilf mir mal. Jeder von uns nimmt ein Ruder, und wir setzen uns mit dem Rücken zur Fahrtrichtung."

„Wir sollen rückwärts rudern?"

„Ja. Guck mal, die Bewegung ist so herum viel einfacher, und man hat mehr Kraft."

Tatsächlich scheint Primos Vorschlag zu funktionieren. Indem sie rückwärts rudern, kommen sie wesentlich schneller voran als zuvor.

„Stimmt. Aber trotzdem ... Es ist ein merkwürdiges Gefühl, nicht zu wissen, wohin man rudert", sagt Kolle.

„Ach was. Wir sind mitten auf dem Meer", meint Primo. „Hier gibt es doch keine Hindernisse."

Schweigend rudern sie weiter.

„Woran merken wir eigentlich, wann wir aufhören müssen, zu rudern?", fragt Kolle nach einer Weile. „Ich meine, wir sehen doch nicht, wenn ..."

KRACH! Mit voller Geschwindigkeit rammt das Boot eine Küste. Es gibt ein hässliches Geräusch, als die alten Bretter zerbersten. Primo und Kolle platschen ins Wasser vor einem flachen Sandstrand.

Sie klettern ans Ufer und sehen sich verwirrt um. Sie stehen am Rand eines gigantischen Waldes.

„Bei Notch!“, ruft Primo aus. „Hast du schon mal so riesige Bäume gesehen? Die sind ja hoch wie Berge!“

„Keine Hindernisse, ja?“, ruft Kolle. „Warum zum Nether höre ich eigentlich immer wieder auf dich?“

„Reg dich ab! Wir haben es geschafft! Das hier muss die ferne Küste sein, von der Lausius gesprochen hat.“

„Ja, ganz toll!“ Kolle starrt die Trümmer ihres Bootes an. „Und wie sollen wir jetzt ohne Boot wieder nach Hause zurückkommen?“

„Wir gehen eben zu Fuß weiter“, meint Primo. Doch als er den dichten Urwald betrachtet, beschleicht ihn ein ungutes Gefühl. Lausius' Worte hallen in seinem Kopf nach: *Ich beschloss, keinen Landgang zu riskieren, da ich nicht wusste, welch unbekannte Gefahren dieser Urwald barg.*

8. Der alte Tempel

Vorsichtig bahnen sich die Freunde den Weg durch das Gestrüpp zwischen den gigantischen Stämmen. Die Pflanzen wachsen so dicht, dass die beiden häufig die Richtung ändern müssen. Die Baumkronen hoch oben blockieren einen Teil des Sonnenlichts und tauchen den Boden, auf dem sie wandern, in permanentes Halbdunkel.

„Sieh mal, was ist das denn da?“, fragt Kolle und zeigt auf einen seltsamen Auswuchs, der am Stamm eines Baumes zu wuchern scheint.

„Keine Ahnung. Vielleicht eine Art Pilz oder so.“

„Das sieht mir nicht aus wie ein Pilz.“ Kolle schlägt das Gebilde mit der Axt ab. „Hm, riecht irgendwie interessant. Ich glaube, ich nehme das mal mit. Vielleicht kann Ruuna etwas damit anfangen.“

„Falls wir Ruuna jemals wiedersehen“, sagt Primo düster. Er hat ein schlechtes Gewissen, weil er sich und seinen Freund schon wieder in Schwierigkeiten gebracht hat. Warum nur hat er dauernd Ideen, die im ersten Moment so logisch erscheinen und im nächsten Augenblick zu einer Katastrophe führen?

Nach einer Weile entdecken sie ein weiteres merkwürdiges Gebilde. Es sieht aus wie ein Kürbis, ist jedoch grün statt orangefarben. Kolle betrachtet das Ding neugierig.

„Das sieht lecker aus!“, sagt er.

„Findest du?“, meint Primo skeptisch. „Sei lieber vorsichtig, vielleicht ist es giftig.“

„Steht nichts darüber in Lausius’ Buch?“

„Hier, sieh selbst nach.“

Kolle blättert eine Weile. „Hier beschreibt er eine Frucht, die so ähnlich aussieht wie das Ding, das ich vorhin gefunden habe. Die Einheimischen nennen es Kakao, schreibt er. Welche Einheimischen?“

„Das müssen die Bewohner des Dorfs sein, das wir suchen. Vielleicht ist es ja ganz in der Nähe.“

„Und hier steht auch was über diese andere Frucht. Er hat sogar eine Zeichnung gemacht. Sie heißt Melone und schmeckt angeblich sehr gut.“ Kolle zerteilt den seltsamen Kürbis mit der Axt. Innen hat er leuchtend rotes, köstliches Fruchtfleisch, das von winzigen Kernen durchsät ist.

„Lausius hat recht“, meint Primo mit vollem Mund. „Wirklich lecker. Und löscht auch noch den Durst.“

„Vielleicht können wir die Samenkörner dieser Frucht zuhause aussäen“, meint Kolle. Er steckt ein paar der Kerne ein, die sie achtlos auf den Boden gespuckt haben.

„So schlecht ist es hier im Dschungel doch gar nicht“, stellt Primo fest. „Es gibt genug zu essen, und Monster habe ich auch noch keine gesehen. Ich finde ...“

„Psst!“, macht Kolle. „Beweg dich nicht!“

Primo, der gerade dabei war, ein weiteres Stück der köstlichen Frucht in den Mund zu schieben, erstarrt. „Was ist denn?“

„Hinter dir!“

Langsam dreht sich Primo um und blickt direkt in die grünen Augen eines seltsamen Wesens, das ihn anstarrt. Es hat gelbliches Fell mit braunen Flecken.

„Meinst du, das ist eine Dschungelkuh oder so?“, fragt Primo.

Kolle schüttelt den Kopf. „Eine Kuh? Das Wesen sieht doch nicht aus wie eine Kuh! Eher wie ein Schaf.“

„Aber es hat keine Wolle“, widerspricht Primo. „Meinst du, es ist gefährlich?“ Er erhebt sich und macht vorsichtig einen Schritt rückwärts. Das Wesen folgt ihm.

„Besonders gefährlich sieht es nicht aus. Es scheint dich zu mögen.“

„Vielleicht hat es Hunger.“ Er hält dem Wesen ein Stück Melone hin. Es schnüffelt daran, wendet sich dann jedoch angewidert ab.

„Tut mir leid, Dschungelkuh. Ich hab sonst nur noch rohen Fisch.“

Das Wesen sieht ihn aufmerksam an, als hätte es verstanden, was er sagt. Er hält ihm den glibberigen Fisch hin. Sofort schnappt es danach, reißt ihn Primo aus der Hand und läuft davon. Nicht weit entfernt hockt es sich ins Gras und frisst den Fisch auf.

„Na, der scheint ihm zu schmecken!“, meint Primo.

„Das ist jedenfalls bestimmt keine Kuh“, stellt Kolle fest. „Kühe fressen Gras. Das muss so etwas wie ein Wolf sein. Warte, ich schau mal in Lausius‘ Buch nach.“

„Sieh mal, sein Aussehen hat sich verändert. Es ist plötzlich ganz schwarz geworden!“

„Oh je, hoffentlich ist es nicht krank. Vielleicht hättest du ihm den Fisch lieber nicht geben sollen.“

„Ich weiß nicht. Es sieht nicht krank aus. Guck mal, es kommt her und ist ganz zutraulich.“ Das Wesen schmiegt sich an Primos Bein und macht ein merkwürdiges schnurrendes Geräusch. Primo streichelt es. Das Fell fühlt sich sehr flauschig an.

„Ah, hier steht etwas über diese Tiere. Sie heißen Ozelots. Man kann sie zähmen, indem man ihnen rohen Fisch gibt. Dann verwandeln sie sich und werden zu etwas, das man Katze nennt.“

„Es ist jedenfalls süß“, stellt Primo fest. „Ich werde es Mina nennen. Das klingt so ähnlich wie das Geräusch, das es gerade gemacht hat.“

„Du willst dem Tier einen Namen geben?“, fragt Kolle.

„Ja, warum nicht? Ich finde, es hat einen Namen verdient."

„Aber es lebt doch hier im Dschungel. Wir können es nicht mitnehmen."

„Warum nicht? Sieh mal, es folgt mir überall hin. Komm, Mina! Komm zu mir! Ja, so ist's brav. Nein, ich hab keinen Fisch mehr, tut mir leid. Aber ich verspreche, ich fange dir welchen, sobald wir wieder am Meer sind."

„Vielleicht sollten wir umkehren und an der Küste entlanglaufen", schlägt Kolle vor. „Irgendwo muss ja die Flussmündung sein, die Lausius beschrieben hat. Wenn wir dem Flusslauf folgen, müssten wir das Dorf finden. Die Bewohner können uns vielleicht auch ein neues Boot machen."

„Klingt vernünftig", stimmt Primo zu. „Also los, lass uns gehen."

„Aber wir sind von dort gekommen", meint Kolle und zeigt in eine andere Richtung als die, die Primo eingeschlagen hat.

„Unsinn! Das Meer ist in dieser Richtung!", behauptet Primo.

Kolle zuckt mit den Schultern. „Wenn du meinst ..."

Sie bahnen sich ihren Weg durch den Dschungel, doch die Küste kommt nicht in Sicht. Stattdessen werden die Bäume immer höher. Die Katze folgt ihnen und stößt hin und wieder einen klagenden Laut aus, als hätte sie gern noch etwas rohen Fisch.

„Ich ... ich glaube, wir sind falsch“, sagt Primo, als sie schließlich einen sumpfigen Tümpel erreichen.

Kolle grummelt etwas. Sie drehen um und marschieren in die entgegengesetzte Richtung. Doch es ist schwierig, geradeaus zu gehen, wenn man sich den Weg um dichtes Gestrüpp und riesige Bäume herum bahnen muss. Inzwischen kommt es Primo so vor, als würden die Schatten unter den Bäumen noch tiefer.

„Ich glaube, die Sonne geht unter“, stellt er fest.

„Ja, das merke ich auch“, sagt Kolle genervt. „Nur schade, dass wir nicht sehen können, wo sie untergeht. Dann wüssten wir wenigstens, in welche Richtung wir gehen müssen.“

„Da vorne!“, ruft Primo.

„Was? Da vorne geht die Sonne unter? Ich sehe nichts!“

„Nein, da vorne ... da ist ein Haus! Das Dorf! Wir haben es gefunden! Wir sind gerettet!“ Aufgeregt läuft er in Richtung des steinernen Gebildes, das er hinter dichten Büschen und Kletterpflanzen entdeckt hat.

„Das sieht aber nicht wie ein Haus in einem Dorf aus“, sagt Kolle, als sie näher kommen.

„Woher willst du das wissen? Die Häuser im Wüstendorf sahen schließlich auch ganz anders aus als die bei uns."

„Ja, aber hier scheinen keine anderen Häuser zu sein, nur dieses eine. Nirgendwo ist eine Fackel zu sehen, und die Steine sind ganz vermodert und von Pflanzen überwuchert, so als ob es seit langem unbewohnt ist. So wie der alte Tempel in der Wüste."

Unnngh, erklingt es ganz in der Nähe.

„Lass uns da drin die Nacht verbringen", schlägt Primo vor.

„Für mich klang es so, als käme das Stöhnen des Nachtwandlers aus dem Gebäude."

„Und wenn schon. Mit einem Nachtwandler werden wir schon fertig." Primo zieht sein Diamantschwert.

Vorsichtig nähern sie sich dem Bauwerk. Die Steine sehen uralt aus, und es scheint tatsächlich, als sei lange niemand hier gewesen. Jedenfalls kein Mensch. Mit Schaudern erinnert sich Primo daran, wie sie den alten Wüstentempel erforscht haben. Dieses Gebäude wirkt sogar noch älter und düsterer.

Auf einer Seite finden sie einen niedrigen Eingang.

Unngh!

Primo befestigt eine Fackel an der Wand neben dem Eingang. In ihrem Licht sieht er eine grüne Gestalt, die mit ausgestreckten Armen auf ihn zu wankt. Die Katze stößt ein erschrockenes Fauchen aus. Doch der Nachtwandler ist für Primo und sein magisches Diamantschwert kein Problem. Zwei Hiebe, und er ist nur noch ein Haufen fauliges Fleisch. Mina schnüffelt an den Überresten, maunzt und wendet sich angewidert ab.

Vorsichtig tritt Primo ins Innere. Eine breite Treppe führt in die Tiefe, zwei schmalere Treppen links und rechts daneben in ein oberes Stockwerk. Primo klettert hinauf und sieht sich um. Eine Empore führt um den Treppendurchgang herum. Flache Fenster geben den Blick auf den umliegenden Dschungel frei. Durch eines davon sind Schlingpflanzen hereingewachsen.

Kolle kommt zu ihm herauf. „Hier scheint es einigermaßen sicher zu sein", sagt er. „Wir könnten hier oben die Nacht verbringen. Wenn ein Nachtwandler kommt, können wir ihn relativ gut bekämpfen, während er die schmale Treppe heraufkommt. Wenn einer von uns wacht, während der andere schläft, müsste es gehen."

„Ja", stimmt Primo zu. „Aber erst will ich mir noch das Untergeschoss ansehen."

„Was? Wieso das denn?"

„Erinnere dich doch an den Wüstentempel! Da waren Schatztruhen!"

„Das Einzige, woran ich mich erinnere, ist, dass wir beinahe in die Luft geflogen sind!“

„Ach komm schon! Wir müssen eben vorsichtig sein.“

„Primo, du hast schon wieder dieses Funkeln in den Augen. Meistens geraten wir kurz danach in Gefahr.“

„Ach was. Bisher ist es doch jedes Mal gut gegangen, oder nicht?“

„Ja, bisher“, grummelt Kolle.

Miau!

„Da hörst du's!“, sagt Primo. „Mina hat jawohl gesagt. Sie ist derselben Ansicht wie ich.“

„Für mich hat sich das eher wie oh nein angehört!“

Primo steigt hinab ins Erdgeschoss. Einen Moment zögert er, dann betritt er die Treppe in die Tiefe. Das Gewölbe im Untergeschoss ist kühl und riecht modrig. Im flackernden Licht einer Fackel erkennt Primo Gänge, die nach links und rechts führen. Der Gang links endet in einer Sackgasse, doch an der linken Wand sind drei Hebel angebracht. Rechts führt der Gang um eine Biegung.

„Fass hier bloß nichts an!“, sagt Kolle.

„Aber was, wenn die Schalter eine Geheimtür zu einer verborgenen Schatztruhe öffnen? Vielleicht muss man diese Hebel bloß in der richtigen

Reihenfolge umlegen, um zu dem Schatz zu gelangen."

„Ja, vielleicht. Ebenso gut ist es möglich, dass sich unter uns der Boden öffnet und wir in eine Lavagrube stürzen, wenn du einen der Hebel umlegst. Und selbst, wenn es eine richtige Kombination gibt, kennen wir sie nicht."

„Aber es sind nur drei Hebel!", mault Primo. „Wir könnten doch einfach alle durchprobieren, und ..."

„Primo!", sagt Kolle energisch. Mina macht Miau, und diesmal klingt es wirklich so, als gebe sie Kolle recht.

„Na schön", seufzt Primo.

„Lass uns jetzt bitte von hier verschwinden!"

„Ich will nur noch wissen, wie es da vorne weiter geht." Primo lugt um die Ecke.

„Und? Wie geht es weiter?"

„Hier ist ein Gang, der am Ende wieder nach rechts abbiegt."

„Komm jetzt! Lass uns wieder nach oben gehen."

„Bist du denn gar nicht neugierig?"

„Nein."

„Aber ich. Ich will bloß noch gucken, was da hinten hinter der Gangbiegung ist. Der Gang ist leer, und es sind keine Monster zu hören. Was soll schon passieren?"

Kolle kommt zu ihm und blickt den finsteren Gang entlang. „Immer, wenn du das sagst, geraten wir danach in Schwierigkeiten."

„Ach was!" Primo geht den Gang entlang, wobei er sich dicht an der linken Mauer hält, die von Nischen unterbrochen ist. Plötzlich bleibt er mit dem Fuß an etwas hängen. Es gibt ein klickendes Geräusch, und etwas zischt dicht an ihm vorbei, zu schnell, um zu erkennen, was es war. Kolle stößt einen Schrei aus. Mina faucht.

„Nichts passiert!", sagt Primo.

„Nichts passiert?", schimpft Kolle. „Sehr witzig!"

Als Primo sich zu ihm umdreht, sieht er einen Pfeil aus Kolles Arm herausragen. Erschrocken läuft er zu ihm, bleibt dabei an etwas am Boden hängen und spürt im selben Moment einen stechenden Schmerz im Po.

„Aua!", schreit er auf. Verwundert sieht er sich nach dem Knochenmann um, der sie beschossen haben muss, doch es ist keiner zu sehen, und auch das typische Knochenklappern ist nicht zu hören.

„Das ... das ist unheimlich!", sagt er.

„Ich hab doch gesagt, lass uns hier verschwinden!", meint Kolle, während er den Pfeil aus seinem Arm zieht. Zum Glück ist die Verletzung nicht sehr tief. Auch der Pfeil in Primos Po ist zwar schmerzhaft, aber nicht lebensbedrohlich, und lässt sich leicht entfernen.

„Ich frage mich, wo diese Pfeile herkommen“, meint Primo.

„Wenn wir noch ein bisschen länger hier stehen bleiben, finden wir es bestimmt noch heraus.“

Primo geht langsam zurück in den Gang, wobei er den Boden sorgfältig absucht.

„Primo! Was zum Nether machst du denn da? Willst du noch mal beschossen werden?“

Primo bleibt stehen. „Geh mal zur Seite!“, ruft er.

Rasch bringt sich Kolle hinter der Gangbiegung in Sicherheit, während Primo sich bückt und das dünne Seil betrachtet, das quer über den Gang gespannt ist. Daran muss er vorhin hängen geblieben sein. Probehalber zieht er daran. Es gibt leicht nach und ein Klicken ertönt. Im nächsten Moment saust ein Pfeil so dicht an Primos Kopf vorbei, dass er den Luftzug spüren kann, und bleibt zitternd in der Wand stecken, wo Kolle gerade eben noch stand.

„Das ist ja interessant!“, ruft er.

„Was ist interessant?“, fragt Kolle und kommt neugierig hinter der Gangbiegung hervor.

Im selben Moment zieht Primo erneut an der Schnur. Wieder schießt ein Pfeil durch die Luft und verfehlt Kolle nur knapp.

„He! Was soll denn das! Bist du verrückt geworden?“

„Das ist ein Mechanismus“, erklärt Primo. „Hier ist eine Schnur gespannt. Wenn man daran zieht oder darüber stolpert, wird ein Pfeil abgeschossen. Siehst du?“ Er demonstriert es.

„Kannst du jetzt mal bitte mit diesem Unsinn aufhören?“, ruft Kolle, der diesmal rechtzeitig zur Seite gesprungen ist.

„Das ist eine Falle!“, stellt Primo fest.

„Was du nicht sagst.“

„Aber es muss ja einen Grund für diese Falle geben. Ich wette, da ist irgendwo ein Schatz versteckt.“

„Bei Notch! Primo, du wirst dich noch umbringen!“

„Ach was, ich kenne die Falle ja jetzt. Gefahr erkannt, Gefahr gebannt.“ Demonstrativ steigt er über die am Boden gespannte Schnur hinüber, ohne die Falle auszulösen. „Siehst du? Es ist ganz leicht, wenn man weiß, worauf man achten muss!“

Der Gang macht weiter vorn eine Biegung nach rechts. An der Wand hängen Schlingpflanzen herab. Als Primo sie genauer untersucht, entdeckt er ein verborgenes Loch.

„Dies muss der Mechanismus sein, der die Pfeile verschießt!“, sagt er. „Clever!“

Er befestigt eine weitere Fackel an der Wand. Der Gang rechts endet nach ein paar Schritten. Links sind kleine Nischen in die Wand geschlagen wie Fächer eines Bücherregals. Am Ende steht, von Schlingpflanzen überwuchert, eine Truhe.

„Ich hab's ja gewusst!", ruft er. „Ein Schatz!"

„Sei vorsichtig!", mahnt Kolle. „Vielleicht gibt es noch mehr Fallen!"

„Ja, die gibt es offensichtlich. Hier ist so eine seltsame Spur aus rotem Pulver auf dem Boden. Sie glitzert und funkelt. Besser, ich trete da nicht drauf."

Vorsichtig steigt Primo über die glitzernde Spur. Seltsam, dass sie so leicht zu entdecken ist. Vielleicht ist das bloß ein Ablenkungsmanöver? Er betrachtet den Boden vor der Truhe ganz genau. Ja, da ist noch eine Schnur gespannt. Über der Truhe, verborgen hinter Schlingpflanzen, erkennt er ein Loch in der Wand. Hier ist also offenbar ein zweiter Pfeilschießmechanismus versteckt.

Behutsam steigt er über die Schnur und klappt die Truhe auf. Sein Herz schlägt höher, als er hineinschaut. Im Licht der Fackeln glitzern Gold, blank poliertes Eisen und Diamanten.

Miau macht es hinter ihm. Mina ist ihm offenbar gefolgt.

Primo richtet sich auf und dreht sich zu der Katze um. „Tut mir leid, Mina, aber hier sind nur Schätze und ein paar alte Knochen drin. Leider kein Fisch.“

Miau macht Mina enttäuscht, dann kommt sie näher – und berührt dabei die am Boden gespannte Schnur.

Es klickt. Erschrocken starrt Primo auf die Öffnung in der Wand genau vor ihm. Er kann gerade noch „Oh ...“ ausrufen, bevor ihn ein Pfeil genau zwischen die Augen trifft und es schwarz um ihn wird.

9. Durch den Dschungel

„Aua, mein Kopf!“, stöhnt Primo, als er wieder zu sich kommt. Verwundert sieht er sich um. „Wo bin ich?“

„Im Obergeschoss des Tempels“, sagt Kolle vorwurfsvoll.

Primo betastet seinen schmerzenden Kopf. „Es war nicht meine Schuld. Mina hat die Falle ausgelöst.“

„Nicht deine Schuld? Wer musste denn unbedingt das Untergeschoss erforschen? Wer musste die Truhe öffnen, obwohl sie mit Fallen gespickt war? Wer ist überhaupt auf die Idee gekommen, in diese alte Ruine zu gehen? Ich jedenfalls nicht und Mina auch nicht!“ Er streichelt die Katze, die neben Primo auf dem Boden hockt und ihn mit ihren grünen Augen anstarrt.

Primo seufzt. „Du hattest recht. Es war dumm von mir, so gierig nach dem Schatz zu sein. Was war denn eigentlich in der Truhe?“

„Außer ein paar alten Knochen und etwas Eisen waren darin sechs Goldbarren.“ Er deutet auf einen Stapel auf dem Boden rechts von Primo, der im Licht der Fackel glitzert. „Außerdem etwas, dessen Sinn ich noch nicht verstanden habe.“ Er hält eine Art Decke hoch, die aus funkelndem weißen Metall und Diamanten zu bestehen scheint.

„Das sieht aus wie eine Rüstung“, meint Primo.

„Ja, aber sie ist viel zu groß für einen Menschen. Sie würde eher einer Kuh passen."

„Warum sollte denn eine Kuh eine Rüstung tragen?"

„Das ist ja das, was ich auch nicht verstehe."

„Danke übrigens, dass du mich hochgetragen hast."

„Gern geschehen. Nachdem du und Mina alle Fallen ausgelöst hattet, war es nicht mehr so schwierig, sie zu umgehen."

„Gut, dass du den Schatz geborgen hast. Dann hat sich das wenigstens ein bisschen gelohnt."

„Das Gold nehmen wir auf jeden Fall mit", beschließt Kolle. „Diese komische Rüstung können wir hier zurücklassen."

„Vielleicht ist sie wertvoll", widerspricht Primo.

„Was sollen wir denn damit? Meinst du, Hakun gibt dir etwas dafür, damit er sie einer seiner Kühe anziehen kann?"

„Weiß nicht. Vielleicht hat sie einen ganz anderen Sinn. Möglicherweise können uns Willert oder Ruuna etwas darüber sagen."

„Na schön, wie du meinst. Dann schleppen wir also noch mehr schweren nutzlosen Kram mit uns herum!"

Durch die Löcher in den alten Mauern fällt gelbliches Morgenlicht herein.

„Lass uns aufbrechen!“, schlägt Primo vor.

„Kannst du denn laufen?“

„Es wird schon gehen. Mein Kopf tut weh, aber meine Beine sind in Ordnung.“

„Und wo gehen wir hin?“, fragt Kolle, als sie vor dem Eingang des Tempels stehen.

„Nach Osten, und dann die Küste entlang, bis wir den Fluss finden.“

„Und wo ist Osten?“

„Da, wo die Sonne aufgeht, natürlich.“

„Aber ich sehe die Sonne nicht.“

„Da drüben ist es heller als in der anderen Richtung“, erklärt Primo. „Also muss das Osten sein.“

„Wenn du meinst ...“

Kurz darauf stehen sie an einem flachen, sumpfigen Tümpel.

„Wir sind nicht Richtung Osten gegangen“, stellt Kolle fest. „Es war hier nur heller, weil hier keine Bäume sind.“

„Na schön, ich habe mich eben geirrt. Aber jetzt wissen wir wenigstens, wo Osten ist“, sagt Primo und deutet auf die Sonne, die sich gerade über die Baumwipfel erhebt.

„Ja, sofern wir es schaffen, geradeaus zu gehen.“

Doch genau das erweist sich als äußerst schwierig. Immer wieder sind sie gezwungen, Umwege zu machen, um Tümpel, steile Hügel und riesige

Baumstämme zu umgehen. Schon bald haben sie erneut die Orientierung verloren.

„Wir finden nie aus diesem Dschungel heraus!“, jammert Kolle. „Wenn ich doch bloß nicht auf dich gehört hätte, als du sagtest, wir sollen rückwärts rudern!“

„Ja, ja, ich weiß, ich bin wieder mal an allem schuld“, sagt Primo. „Aber ich hab eine Idee. Mina, wo ist das Meer? Such das Meer, Mina!“

Die Katze starrt Primo mit großen Augen an.

„Was soll denn das?“, fragt Kolle. „Woher soll denn Mina wissen, wo das Meer ist? Und selbst, wenn sie es wüsste, sie versteht doch gar nicht, was du von ihr willst.“

„Mina liebt Fisch, und im Meer gibt's jede Menge Fische, also weiß sie bestimmt, wo das Meer ist“, folgert Primo. „Und außerdem kann sie vielleicht nicht sprechen, aber das heißt nicht, dass sie mich nicht verstehen kann. Nicht wahr, Mina? Du verstehst mich doch, oder? Such den Fisch! Such!“

Die Katze macht erneut Miau, dann dreht sie sich um und hüpft über den Dschungelboden davon.

„Siehst du?“, sagt Primo. „Sie versteht mich!“

Schulterzuckend folgt Kolle seinem Freund, der die Verfolgung der Katze aufgenommen hat. Sie bahnen sich den Weg durch dichten Urwald.

Plötzlich bleibt Mina abrupt stehen und faucht. Erschrocken erkennt Primo, dass das, was er gerade noch für einen Teil der dichten Pflanzen gehalten hat, ein mürrisches Gesicht hat. Ein Knallschleicher! Wenn die Katze ihn nicht gewarnt hätte, wäre er direkt in das Monster hineingelaufen.

„Weg hier!“, brüllt er. „Er explodiert gleich!“

„Wer explodiert?“

„Der Knallschleicher! Er ...“ Primo stutzt. Das Monster macht keine Anstalten, ihn zu verfolgen, wie sie es normalerweise tun. Es zischt auch nicht und bläht sich auf, um kurz danach zu explodieren. Stattdessen zieht es sich zurück.

Die Katze macht einen Schritt auf den Knallschleicher zu und faucht erneut.

„Das gibt's doch nicht!“, ruft Kolle aus. „Das Ding hat Angst vor Mina! Das ist ja fast noch besser als ein Golem!“

Langsam verschwindet das Monster im Gestrüpp. Sicherheitshalber machen Primo und Kolle trotzdem einen weiten Bogen um die Stelle.

„Was meinst du, ob Nachtwandler auch Angst vor Katzen haben?“, fragt Primo.

„So wie's aussieht, werden wir das bald rausfinden“, erwidert Kolle und deutet auf den Himmel, der hin und wieder zwischen den Baumkronen durchscheint und sich rosa färbt.

„Anscheinend hat Mina doch nicht so genau verstanden, was ich von ihr wollte“, meint Primo, der immer noch der Katze folgt. Doch dann stutzt er. „He, sieh mal da vorne, da ist Sand – und Wasser!“

Sie beschleunigen ihre Schritte. Als sie jedoch den schmalen Uferstreifen erreichen, liegt vor ihnen nicht die Meeresküste, sondern nur ein schmaler Fluss. Die Bäume am anderen Ufer sind wesentlich niedriger und sehen so aus wie die in der Nähe des Dorfs. Sie haben den Rand des Dschungels erreicht.

„Schade“, sagt Kolle. „Einen Moment lang hab ich wirklich geglaubt, es hätte funktioniert.“

„Aber es hat doch funktioniert!“, ruft Primo aus. „In einem Fluss gibt es schließlich auch Fische. Gut gemacht, Mina!“ Er streichelt die Katze, die zufrieden schnurrt.

„Wollten wir nicht ans Meer?“, fragt Kolle.

„Und warum wollten wir ans Meer?“, entgegnet Primo. „Um eine Flussmündung zu finden. Stattdessen haben wir den Fluss gefunden. Das ist doch noch viel besser!“

„Aber wenn es nicht derselbe Fluss ist?“

„Ach was, wie viele Flüsse wird es hier schon geben?“, bemüht Primo sich, seine eigene Unsicherheit zu überspielen.

„Wie auch immer, uns bleibt wohl nichts anderes übrig, als dem Flusslauf zu folgen“, meint Kolle.

„Ja, aber zuerst muss ich noch was erledigen." Er wirft die Angel aus. Als kurz darauf ein Fisch anbeißt, gibt er Mina die verdiente Belohnung. „Hier, das hast du fein gemacht!"

Die Katze schnurrt zufrieden, nachdem sie den Fisch in einem Bissen heruntergeschlungen hat. In der Nähe ertönt Knochengeklapper, kurz darauf das Stöhnen eines Nachtwandlers.

„Besser, wir machen uns auf den Weg", sagt Kolle. „Links oder rechts?"

Primo blickt zum Himmel, an dem sich noch ein schwaches Orange abzeichnet. „Da lang. Nach Westen."

Sie folgen dem Flusslauf. Die Schatten unter den riesigen Bäumen sind inzwischen so tief, dass man kaum die Hand vor Augen sehen könnte. Zum Glück lässt der Mond den Sand am Flussufer aufleuchten und weist ihnen den Weg. Schweigend marschieren sie, immer auf der Hut nach Anzeichen von Monstern. Doch obwohl im Gebüsch immer wieder verräterisches Stöhnen und Knochenklappern zu hören ist, bleiben sie unbehelligt. Vielleicht ahnen die Nachtwandler, dass sie gegen Primos Schwert und Kolles Kraft keine Chance haben. Oder sie haben tatsächlich Angst vor Mina, auch wenn die Katze nicht so aussieht, als könne sie einem Monster gefährlich werden.

Als sie den westlichen Rand des Dschungels erreichen, wo das Flussufer deutlich steiler wird, werden sie doch noch angegriffen. Ein Nachtwandler wankt mit ausgestreckten Armen einen Hügel hinab auf sie zu, während sie gleichzeitig von einem Skelett am südlichen Flussufer unter Beschuss genommen werden. Mina faucht das Monster an, das sich jedoch davon unbeeindruckt zeigt und angreift. Doch der Nachtwandler ist schnell erledigt, und den Pfeilen des Knochenmanns können sie hinter den Baumstämmen mühelos ausweichen.

Als die Sonne hinter ihnen aufgeht, maunzt Mina immer wieder, und bleibt alle paar Schritte stehe, als wolle sie zum Ausdruck bringen, dass sie keine Lust mehr hat, weiterzugehen. Auch Primo ist so erschöpft, dass er kaum noch ein Bein vors andere setzen kann.

„Lass uns mal eine Pause machen!“, schlägt er vor.

„Gute Idee!“, stimmt Kolle zu.

Sie rasten am Ufer des Flusses. Primo angelt einen Fisch für Mina. Die Katze schnurrt zufrieden und reibt sich an seinem Bein, um ihre Zuneigung auszudrücken. Als sie wieder zu Kräften gekommen sind, setzen sie die Wanderung fort.

Der Wald am Nordufer wird dichter, und nach kurzer Zeit hören sie ein Bellen.

„Wölfe!“, ruft Kolle.

„Na und?“, sagt Primo. „Die tun doch nichts.“

„Uns nicht, aber sieh mal, Mina scheint Angst vor ihnen zu haben.“

Die Katze drängt sich dicht an Primos Bein. Das Bellen scheint sie tatsächlich zu erschrecken.

„Ach was, sie hat bestimmt bloß Angst, weil sie Wölfe nicht kennt“, meint Primo. „Wenn sie sieht, dass sie harmlos sind, wird sie ihre Angst schon verlieren. Lass uns einfach weiter gehen. Komm, Mina!“

Kurz darauf entdecken sie das Wolfsrudel am Flussufer. Es besteht aus fünf ausgewachsenen Tieren und einem Jungtier. Als die Katze die Wölfe erblickt, faucht sie und versteckt sich hinter Primo. Die Wölfe wiederum drehen die Köpfe, wittern und kommen dann knurrend auf Primo und Kolle zu.

„So harmlos sehen die aber nicht aus“, meint Kolle. „Sieh mal, ihre Augen sind ganz rot, als wenn sie wütend wären!“

Mina stößt ein erschrockenes Miau aus und rennt davon. Die Wölfe verfolgen sie bellend. Fast haben sie die Katze erreicht, als diese blitzschnell auf einen Baum klettert. Auf einem Ast sitzend starrt sie zu den Wölfen herab, die zu ihr hochblicken und dabei knurren und bellen.

„Sieht so aus, als mögen Wölfe und Katzen sich nicht besonders“, meint Kolle.

Primo zieht sein Schwert. „Haut ab, ihr dummen Viecher! Zwingt mich nicht, euch weh zu tun!“

„Warte, ich lenke sie ab, während du Mina von dem Baum holst“, sagt Kolle. Er holt den Rest des gebratenen Hühnchens hervor, das sie noch als Proviant haben. „Seht mal hier, was ich Leckeres für euch habe!“

Die Wölfe schnuppern und folgen Kolle, der sie ein Stück den Fluss entlang führt.

„Sie sind weg, Mina“, sagt Primo. „Du kannst jetzt runterkommen.“

Doch die Katze bleibt, wo sie ist, und gibt nur ein verängstigtes Miau von sich.

„Nun komm schon!“, ruft Primo. „Beeil dich!“

Doch es nützt nichts: Mina bleibt auf ihrem Ast sitzen. Primo bleibt nichts anderes übrig, als seine Angel auszuwerfen und einen Fisch zu fangen. Doch auch dieses Lockmittel bringt die Katze nicht dazu, vom Baum herunterzuklettern.

Inzwischen kehrt Kolle zurück.

„Wo sind die Wölfe?“, fragt Primo.

„Ich habe sie ein Stück den Fluss runter geführt, ihnen das Hühnchen gegeben und bin schnell weggelaufen. Wir sollten uns beeilen, bevor sie wiederkommen.“

„Leicht gesagt. Mina will nicht von dem Baum runterkommen.“

„Vielleicht kann sie nicht wieder runter", meint Kolle.

„Wieso sollte sie das nicht können? Sie ist doch auch raufgeklettert."

„Ja, aber vielleicht ist raufklettern leichter als runterklettern, jedenfalls für Katzen."

„Und was machen wir jetzt?"

„Wenn sie nicht runterkommt, müssen wir eben zu ihr raufklettern."

Kolle holt seine Axt hervor und schlägt etwas Holz, das er zu Stöcken verarbeitet. Daraus macht er eine Leiter, die er am Baum befestigt. So gelingt es Primo, zu der verängstigten Mina hochzuklettern. Als er die Katze streichelt und mit Fisch füttert, schnurrt sie und lässt sich von ihm die Leiter hinuntertragen.

Der Zwischenfall hat einige Zeit gedauert, und so steht die Sonne bereits tief am Himmel, als sie ihren Weg endlich fortsetzen. Primo ist müde und hat nicht die geringste Lust, eine weitere Nacht durchzumarschieren.

„Warte doch mal auf mich!", ruft er Kolle zu, der ein Stück vorausgegangen ist. „Wollen wir nicht ein Loch graben, in dem wir die Nacht verbringen können? Ich bin echt müde!"

„Nicht nötig!", erwidert Kolle. „Sieh mal, da vorne!"

Primo läuft zu ihm. Von der Stelle aus, wo sein Freund steht, sind zwischen den Bäumen Häuser und eine Kirche erkennbar.

„Hurra!“, ruft Primo. „Wir haben es geschafft!“

Die beiden rennen auf die Siedlung zu. Doch als sie die Kirche am Rand des Dorfs fast erreicht haben, bleiben sie wie angewurzelt stehen. Eine Gruppe von Dorfbewohnern kommt ihnen entgegen, darunter zwei bekannte Gesichter.

„Da seid ihr ja endlich!“, ruft Golina.

10. Pferde

„Was?“, ruft Primo verdattert. „Wie? Woher? Wieso? Weshalb? Warum?“

Kolle steht nur mit offenem Mund da und starrt die beiden Mädchen an, als sei er nicht sicher, ob sie nicht bloß seiner Fantasie entsprungen sind.

„Wir haben uns schon gedacht, dass ihr euch wieder in Schwierigkeiten bringt“, erklärt Margi. „Deshalb haben wir Olum gebeten, uns ein zweites Boot zu bauen. Damit sind wir übers Meer gerudert, haben die Flussmündung gefunden und sind dem Fluss bis hierher gefolgt. Das war ganz einfach. Als ihr nicht hier wart, haben wir überlegt, ob wir euch suchen gehen sollen. Aber die Dorfbewohner haben uns gesagt, dass man sich im Dschungel leicht verirren kann, also haben wir hier auf euch gewartet.“ Sie umarmt Kolle und gibt ihm einen Kuss. „Wir haben uns schon Sorgen gemacht, wo ihr bleibt!“

„Wir ... äh ... wurden aufgehalten“, stammelt Primo.

„Na, jedenfalls habt ihr’s ja doch noch hierher geschafft, wenn auch mit etwas Verspätung“, sagt Golina. Dann lächelt sie und gibt Primo einen Kuss, der ihn all die Strapazen der letzten Tage vergessen lässt.

„Tut mir leid, aber wir mussten unterwegs noch eine alte Ruine erforschen und einen Schatz finden“, entschuldigt er sich, nachdem er wieder Luft geholt hat.

„Typisch Jungs!“, meint Golina. „Nie seid ihr pünktlich!“

„Willkommen, Fremde!“, sagt einer der Dorfbewohner, der das lilafarbene Gewand eines Priesters trägt. „Ich bin Laudatus.“ Er spricht das I wie ein Ü aus: Wüllkommen! Üch bün Laudatus.

„Äh, hallo!“, sagt Primo. „Ich heiße Primo, und das ist mein Freund Kolle. Wir kommen aus dem Dorf bei der Schlucht.“

„Sehr erfreut“, sagt der Priester. „Margi und Golina haben uns schon von euch erzählt. Schön, dass ihr doch noch hergefunden habt!“

„Äh, ja,“, erwidert Primo, der von der Freundlichkeit des Priesters verwirrt ist. Bisher hat er immer geglaubt, Priester müssten grundsätzlich überheblich und schroff sein.

„Das da sind übrigens Humus und Tomato, die Bauern unseres Dorfs, Scripta, die Bibliothekarin, und Wiland, der Schmied.“

Die beiden Freunde geben allen die Hand.

„Wir sind hergekommen, weil wir gern wissen würden, wie wir einen Golem bauen können“, erklärt Primo. „Wiland, kannst du es uns zeigen?“

„Wir wissen es schon", sagt Golina. „Es geht ganz leicht. Man braucht bloß ein paar Eisenblöcke und einen Kürbis. Hier, Wiland hat uns eine Zeichnung gemacht." Sie hält ihm ein Blatt Papier hin.

Primo starrt auf das Blatt. „Was, das ist alles? Dafür haben wir die weite Reise gemacht?"

„Es sind oft die einfachen Dinge, die am schwierigsten sind", sagt Laudatus rätselhaft.

„Was hast du denn da für ein schwarzes Tier bei dir, Primo?", fragt Golina. „Das sieht ja niedlich aus!"

„Das ist eine Katze", erklärt Primo. „Sie leben im Dschungel und sind sehr gefährlich! Aber keine Angst, diese hier habe ich gezähmt. Sie heißt Mina. Das reimt sich übrigens auf Golina."

„Und der Name fängt mit M an, wie Margi", fügt Kolle rasch hinzu.

„Oh wie süß!", rufen die Mädchen wie aus einem Mund. Golina nimmt die Katze hoch und drückt sie an sich. Mina schnurrt zufrieden.

„Kommt mit, wir müssen euch etwas zeigen!", ruft Margi. „Während wir auf euch gewartet haben, haben wir auch neue Tiere kennengelernt!"

Die beiden Mädchen führen die immer noch verdutzten Jungs zu einer Wiese neben dem Dorf. Dort steht eine Herde von seltsamen Wesen. Sie sehen aus wie Kühe, haben jedoch längere Beine und einen schmalen, länglichen Kopf. Ihr Fell ist braun, einige sind weiß gefleckt, andere dunkel gemustert.

„Was ist das denn?“, fragt Primo.

„Die Einheimischen nennen sie Pferde!“, erklärt Margi.

„Geben die auch Milch?“, fragt Kolle.

Margi schüttelt den Kopf. „Nein, und sie sind auch nicht zum Essen da. Aber man kann auf ihnen reiten!“

„Man kann was?“

Statt zu antworten, holt Margi ein merkwürdiges Gebilde aus Leder hervor und legt es einem der Pferde auf den Rücken. Dann klettert sie hinauf. Das Pferd macht ein schnaubendes Geräusch, und schon rennt es mit Margi quer über die Wiese.

„Margi! Bei Notch! Das Monster wird dich umbringen!“, ruft Kolle entsetzt.

Doch seine Freundin sieht so aus, als hätte sie Spaß daran, von dem Tier herumgetragen zu werden. Auf irgendeine Weise scheint sie das Pferd zu lenken. Am Ende der Wiese dreht sie um und kehrt zu den anderen zurück.

„Willst du auch mal?“, fragt Margi Kolle.

„Ich weiß nicht ...“

„Ich kann’s ja mal probieren“, sagt Primo, der das Gefühl hat, den Mädchen beweisen zu müssen, dass er kein völliger Trottel ist. „Eigentlich sieht es ja ganz leicht aus."

„Gut, wie du willst." Margi klettert von dem Tier herunter und macht ihm Platz.

Es ist nicht so einfach, auf das Pferd zu klettern, wie Primo es sich gedacht hat. Als er es schließlich geschafft hat, wundert er sich: „Wo ist denn der Kopf?"

Golina und Margi brechen in Gelächter aus. „Hinter dir", ruft Primos Freundin.

Plötzlich setzt sich das Pferd in Bewegung. Es läuft rückwärts! Dann begreift Primo, dass er sich verkehrt herum auf das Tier gesetzt hat. Er versucht, sich umzudrehen, doch das Tier rennt so schnell, dass ihm das Manöver zu waghalsig erscheint. Außerdem wackelt es bei jedem Schritt so sehr, dass er sich nur mit Mühe oben halten kann.

„Wie hält man es denn wieder an?", ruft er. „Stopp! Ich will hier runter! Hilfe!"

„Assan!", ruft Golina. „Steh!"

Das Pferd hält so abrupt an, dass Primo den Halt verliert und unsanft auf dem Po im Gras landet. Das Tier wirft ihm einen Blick zu, der mitleidig oder auch spöttisch sein könnte, und folgt ihm dann zurück zu den kichernden Mädchen.

„Nun, da ihr hier seid, werden wir wohl wieder in unser Dorf zurückkehren müssen", sagt Golina.

„Schade eigentlich! Die Leute hier sind sehr nett, und die Pferde …“

„Bleibt doch heute Nacht noch bei uns“, schlägt der freundliche Priester vor. „Primo und Kolle, ihr könnt bei Humus übernachten, der hat ein großes Haus.“

Die beiden bedanken sich herzlich und folgen dem Bauern, während die Mädchen zum Haus ihrer Gastgeberin, der Bibliothekarin Scripta, gehen. Humus und seine Frau Barba servieren Kolle und Primo gebratenes Hühnchen und frisches Brot zum Abendessen und geben Mina etwas Fisch. Dann legen sich die beiden Gäste schlafen.

In der Nacht träumt Primo davon, dass er auf dem Rücken eines Pferdes sitzt, das ihn immer weiter von Golina fortträgt. Er versucht, herunterzuspringen, doch das gelingt ihm nicht. Als er am nächsten Morgen aufwacht, hat er es auf einmal eilig, nach Hause zurückzukehren.

„Und wie kommen wir jetzt zurück?“, fragt Kolle, als die vier sich am Flussufer treffen. „Ein Boot ist doch viel zu klein für uns alle.“

„Zwei von uns rudern nach Hause, einer kehrt wieder hierher zurück und nimmt den nächsten mit“, schlägt Margi vor. „Auf diese Weise schaffen wir es mit einem Boot, auch wenn wir insgesamt dreimal fahren müssen.“

„Ihr beide könnt ja schon mal losfahren“, sagt Golina. „Margi und ich bleiben noch ein wenig hier.“ Sie wirft einen sehnsuchtsvollen Blick zu den Pferden auf der Wiese.

„Meinst du, es ist eine gute Idee, wenn wir den Jungs das Boot überlassen?“, fragt Margi.

„Du hast recht“, stimmt Golina zu. „Besser, eine von uns fährt mit. Du zuerst.“

„Vielleicht können wir die Dorfbewohner fragen, ob sie ein zweites Boot für uns haben“, schlägt Margi vor.

„Ich habe eine bessere Idee“, meint Primo. Er geht zur Kirche und klopft an die Tür.

Priester Laudatus öffnet sofort. „Was kann ich für dich tun, mein Sohn?“

„Dein Sohn?“, fragt Primo irritiert. „Was meinst du damit? Mein Vater ist Porgo, der Schmied!“

„Verzeih, das war nur so dahin gesagt. Wir sind doch alle Kinder Notchs, oder?“

„Ich weiß nicht, ob Notch überhaupt Kinder hat.“

Der Priester seufzt. „Also, was kann ich für dich tun?“

„Diese Tiere da auf der Wiese. Die Pferde. Wem gehören die?“

„Die gehören niemandem. Sie leben einfach dort.“

„Also könnten wir welche davon mitnehmen?“

„Ich weiß nicht, ob sie sich mitnehmen lassen. Es sind stolze Tiere, die ihren eigenen Willen haben. Aber wenn sie euch folgen möchten, dann gern."

„Vielen Dank! Ihr seid wirklich alle sehr freundlich hier!"

„Gern geschehen."

Mit breitem Grinsen kehrt Primo zu Kolle und den Mädchen zurück. „Ich glaube, ich habe unser Transportproblem gelöst", sagt er und erzählt von seinem Gespräch mit dem Priester.

„Wir dürfen die Pferde mitnehmen? Wirklich?" Golina fällt ihm um den Hals. „Das ist ja wunderbar! Das hast du toll gemacht, Primo!"

„Ja, wirklich super!", mault Kolle. „Du erwartest doch nicht im Ernst, dass ich mich auf so ein Monster setze?"

„Quatsch. Wir beide fahren mit dem Boot, Margi und Golina können inzwischen über Land nach Hause reiten. Sie müssen ja bloß der Küste folgen."

„Ich weiß ja nicht", sagt Margi. „Irgendwie kommt es mir nicht richtig vor, die Pferde mitzunehmen, ohne den Dorfbewohnern etwas als Gegenleistung zu geben. Außerdem brauchen wir doch auch die Sättel, die die Sattlerin hergestellt hat."

„Och, schade!", meint Golina.

„Ich hab eine Idee", wirft Kolle ein. „Wir haben doch das Gold und dieses glitzernde Ding aus der

Schatztruhe. Vielleicht können wir das den Dorfbewohnern geben, zum Ausgleich dafür, dass wir die Pferde mitnehmen."

„Das bringt mich auf einen Gedanken", meint Primo. Er geht zu einem besonders großen Pferd, holt die funkelnde Rüstung hervor und wirft sie ihm über. Sie passt perfekt.

„Wow!", ruft Golina aus. „Das sieht aber toll aus!"

Das Pferd macht ein schnaubendes Geräusch. Primo ist sich nicht sicher, ob es damit Stolz oder Ärger zum Ausdruck bringen will. Inzwischen haben sich einige Dorfbewohner dazugesellt. Mit großen Augen bewundern sie das Pferd in der schimmernden Rüstung.

„Das ist das Schönste, was ich je gesehen habe", meint Scripta.

„Ihr dürft diese Rüstung behalten, und dazu acht Goldbarren. Dafür nehmen wir zwei von euren Pferden und zwei Sättel mit. Was haltet ihr davon?"

„Ihr wollt uns diese herrliche Rüstung schenken? Und noch Gold dazu?", fragt Humus. „Das ist mehr, als wir annehmen können, zumal diese Tiere uns nicht gehören!"

„Aber nicht doch", erwidert Primo. „Ihr habt uns schon sehr geholfen, indem ihr uns das Geheimnis verraten habt, wie man einen Golem baut. Das und die Sättel sind mehr als genug als Gegenleistung für das Gold, und mit der Pferderüstung können wir sowieso nichts anfangen."

Die Dorfbewohner stimmen schließlich zu und verabschieden sich herzlich von den vier Gästen. Golina und Margi satteln zwei der Pferde und sitzen auf, während Primo und Kolle ins Boot steigen.

„Mal sehen, wer eher zuhause ist!", ruft Golina und gibt ihrem Pferd einen Klaps, so dass es mit gewaltigen Sprüngen losläuft. Mina, die offensichtlich keine Lust hat, in das wackelige Boot zu klettern, rennt stattdessen hinter ihr her. Margi winkt Kolle noch einmal zum Abschied zu und folgt den beiden. Bald sind sie außer Sichtweite.

„Also los", sagt Kolle und nimmt eins der Ruder.

„Wie wär's, wenn wir wieder rückwärts rudern?", schlägt Primo vor.

„Das ist doch jetzt nicht dein Ernst!"

„Doch. Aber diesmal machen wir es anders: Einer von uns rudert rückwärts, der andere sitzt hinten im Boot, blickt nach vorn und achtet auf Hindernisse. Auf diese Weise kommen wir schneller voran."

Kolle ist zunächst skeptisch, willigt dann aber ein, es auszuprobieren. Allerdings ergeben sich gewisse Schwierigkeiten, als Primo versucht, Kolle durch das enge Flussbett zu dirigieren:

„Rechts! Nein, rechts! Rechts, hab ich gesagt!"

„Ich rudere doch nach rechts!"

„Tust du nicht! Du ruderst nach links!“

„Unsinn! Hier, das ist meine rechte Hand, oder nicht? Also ist da rechts!“

„Quatsch, da ist links!“

„Ist es nicht!“

Primo überlegt. „Okay, das Problem ist, dass wir uns gegenübersitzen. Deshalb ist da, wo für mich rechts ist, für dich links.“

„Gut, dann sag doch einfach ‚links‘, wenn du rechts meinst.“

„Nein, umgekehrt, du ruderst nach links, wenn ich ‚rechts‘ sage. Gemeint ist immer das, was in Fahrtrichtung rechts ist. Dann kann man es sich leichter merken.“

„Na schön, von mir aus.“

Nachdem das geklärt ist, kommen sie erstaunlich gut voran. Als die Sonne hoch am Himmel steht, erreichen sie die Flussmündung und rudern hinaus aufs offene Meer. Sie folgen dem östlichen Küstenverlauf Richtung Norden.

Bald fängt es an zu regnen. Wie auf dem Hinweg füllt sich das Boot mit Wasser. Während Kolle rudert, schöpft Primo das Wasser aus dem Boot.

„He, pass auf!“, ruft er plötzlich. „Hinter dir ist ein Tintenfisch!“

„Was?“ Hektisch paddelt Kolle mit den Rudern, so dass sie sich auf der Stelle drehen.

Der Tintenfisch wedelt mit seinen Armen, als wolle er sich verabschieden, und taucht dann ins Meer.

„Puh, das war knapp“, meint Primo. „Wir hätten das Tier verletzen können, wenn wir dagegen gestoßen wären.“

„Ja. Pass nächstes Mal ein bisschen besser auf, wohin wir steuern, ja?“

„Ja, schon gut. Jetzt rudere weiter.“

„Und wohin?“

„Nach Hause natürlich!“

„Und wo bitte ist das?“

Primo blickt sich verwirrt um. Die hohen Regenwolken verhüllen die Sonne, so dass es schwer ist, die Richtung einzuschätzen. Links sieht er in der Ferne eine Küste mit riesigen Bäumen, rechts einen sandigen Uferstreifen. Das muss die Küste im Osten sein. Also müssen sie weiter nach Norden fahren, bis zu der Meerenge mit der Insel, auf der sie auf dem Hinweg an Land gegangen sind.

„Da lang“, sagt Primo.

Missmutig rudert Kolle weiter, während es langsam dunkel wird. „Wollen wir uns nicht einen Unterschlupf für die Nacht suchen?“, schlägt er vor. „Ich hab keine Lust mehr, hier im Regen rumzupaddeln!“

„Willst du etwa, dass die Mädchen vor uns zuhause sind?“, fragt Primo.

„Nein!“, ruft Kolle entschlossen und paddelt mit doppelter Kraft weiter.

Kurz darauf taucht hinter ihm eine flache Insel auf.

„Links!“, ruft Primo.

Kolle rudert nach rechts, genau auf die Insel zu.

„Das andere Links!“

„Ach so, stimmt ja, entschuldige.“

Kolle steuert in die andere Richtung. Das Boot schrammt am Strand der Insel vorbei.

„Sag mal, an dieser Insel sind wir aber auf dem Hinweg nicht vorbei gekommen!“, meint Kolle, als er ein Stück weiter gerudert ist.

Primo dreht sich um. Da waren doch mehrere Inseln in der Meerenge, oder nicht? Verwirrt blickt er sich um. Im dichten Regen kann man nicht sehr weit sehen.

„Ich weiß nicht genau“, gesteht er kleinlaut. „Ich glaube, wir haben uns verfahren.“

„Jedes Mal, wenn du etwas entscheidest, geht es schief!“, mault Kolle.

„Dann mach du es doch besser!“, ruft Primo gereizt.

„Ja, mach ich auch! Also los, du ruderst, und ich sage, wohin!“

„Na, von mir aus. Dann tauschen wir eben die Plätze. Aber wir müssen aufpassen, dass wir nicht das Gleichgewicht verlieren. Du gehst rechts herum, ich links."

„Okay", sagt Kolle und steht im selben Moment auf wie Primo.

Beide machen einen Schritt nach links, von Primo aus gesehen. Sofort bekommt das Boot Schlagseite. Kolle schafft es gerade noch, sich herumzuwerfen, doch Primo verliert das Gleichgewicht und fällt über Bord.

„Primo! Nein!", ruft Kolle.

Mehr hört er nicht, denn in diesem Moment schlagen die Wellen über Primos Kopf zusammen, und er erblickt für einen Augenblick die Welt unter der Wasseroberfläche.

Was er sieht, lässt ihn vor Schreck erstarren. Unter ihm erhebt sich vom Meeresgrund ein pyramidenförmiges Gebäude, auf dessen Spitze eine Plattform mit vier Säulen steht. Vier leuchtende Blöcke, die den Leuchtsteinen im Nether ähneln, lassen keinen Zweifel daran, dass es sich um eine künstlich errichtete Struktur handelt.

Noch erschreckender als dieses seltsame Bauwerk ist jedoch das kugelförmige Wesen, das vor ihm im Wasser schwimmt und ihn mit einem einzigen riesigen Auge anstarrt.

11. Asimov

Panisch strampelt Primo mit Armen und Beinen. Es gelingt ihm, die Wasseroberfläche zu durchbrechen und Luft zu schnappen.

„Hilfe!", ruft er. „Ein Monster! Ein Meeresungeheuer!"

Zum Glück ist das Boot nicht weit entfernt. Primo schwimmt hin, so schnell er kann, und zieht sich an der Bordwand hoch.

„Was denn für ein Monster?", fragt Kolle.

„Da war ein schreckliches Ungeheuer!", berichtet Primo. „So groß wie eine Kuh! Es war rund und hatte Stacheln und Flossen und ein einziges riesiges Auge, mit dem es mich böse angesehen hat. Es war schrecklich! Und dann war da noch ein Tempel unter dem Meer."

„Jetzt beruhig dich erstmal. Du hast einen Schock bekommen und fantasierst!"

„Nein! Da war wirklich ein Tempel. Und ein Monster. Lass uns von hier verschwinden!"

Kolle seufzt. Er nimmt die Ruder und fragt: „Wohin?"

„Erst mal an Land."

Die Küste ist glücklicherweise nah. Als sie an Land gehen, wird es bereits dunkel. Nicht weit entfernt finden sie den Eingang zu einer Höhle. Doch als sie dort Zuflucht suchen wollen, fliegt ihnen ein Pfeil entgegen, der Primo am Arm trifft.

„Jetzt hab ich aber die Nase voll!“, ruft er, stürmt wütend in die Höhle und zerschmettert den Knochenmann mit einem einzigen Schlag seines Diamantschwerts.

Kolle folgt ihm. Sie befestigen Fackeln an den Wänden. Die Höhle scheint ziemlich tief zu sein.

„Weiter hinten gibt es bestimmt noch mehr Monster“, meint Kolle.

„Kein Problem“, erwidert Primo. „Wir schütten einfach Sand auf, dann können sie uns nicht erreichen.“

So machen sie es. Auch den Eingang der Höhle dichten sie auf diese Weise ab, so dass sie endlich trocken und sicher ausruhen können. Primo versorgt seine Wunde, dann fällt er erschöpft in einen tiefen Schlaf. Er träumt von dem Tempel unter dem Meer. Golina ist bei ihm, doch statt Beinen hat sie einen schuppigen Schwanz wie ein Fisch. Um sie herum schwimmen kugelförmige Monster, die Primo mit ihrem einen Auge böse anstarren.

Am nächsten Morgen hat der Regen aufgehört. Sie stellen fest, dass sie am Rand einer Wüste übernachtet haben, die sich auf einer schmalen Landzunge von Norden nach Süden erstreckt. Am südlichen Rand befindet sich die Meerenge, durch die sie Richtung Osten hätten fahren müssen. Abgelenkt durch das Wasserschöpfen und aufgrund der schlechten Sicht hat Primo diese Abbiegung verpasst und das Boot zu weit nach Norden gesteuert. Doch jetzt, bei klarem Tageslicht, ist es leicht, den Fehler zu korrigieren.

Bald haben sie die Meerenge hinter sich gelassen und überqueren den Ozean Richtung Osten, wobei diesmal Primo rudert und Kolle das Boot steuert. Am Nachmittag erreichen sie die westliche Küste, folgen der schmalen Bucht nach Süden und landen endlich an der Stelle, von der aus sie aufgebrochen sind. Rasch machen sie sich auf den Fußweg zurück zum Dorf. Schon von weitem sieht Primo mit Erleichterung, dass auf der Wiese südlich der Schlucht zwei Pferde grasen. Eine ganze Gruppe von besorgten Dorfbewohnern erwartet sie bereits, allen voran Golina und Margi.

„Da seid ihr ja endlich!", sagt Golina. „Wir haben uns schon Sorgen gemacht."

„Tut mir leid", erwidert Primo. „Wir wurden … aufgehalten. Von einem Meeresungeheuer."

Golina rollt nur mit den Augen.

Porgo nimmt seinen Sohn in den Arm. „Das hast du gut gemacht, mein Junge!"

„Na ja", meint Primo mit Hinblick darauf, dass die Mädchen schon wieder vor ihnen angekommen sind.

Nun nimmt ihn auch Golina in den Arm und küsst ihn lange. „Mina ist ja so süüüß!“, schwärmt sie. „Und die Pferde erst! Oh Primo, wenn du nicht so mutig wärst, hätte ich niemals ein eigenes Pferd bekommen!“

Primo wird knallrot vor Stolz. „Das war doch gar nichts!“, sagt er. „Du hättest das Meeresungeheuer sehen sollen! Es war riesig! Es wollte Kolle und das Boot in die Tiefe reißen, aber ich bin ins Wasser gesprungen und hab es mit dem Schwert vertrieben!“

„Ach wirklich?“, wirft Kolle ein. „Das ist ja interessant! Für mich sah es so aus, als wärst du ins Wasser gefallen.“

„Da täuschst du dich! Ist ja auch egal. Auf jeden Fall sind wir jetzt alle wieder hier, und wir wissen nun, wie man einen Golem baut. Habt ihr das eigentlich schon gemacht?“

„Nein“, antwortet Porgo. „Wir müssen erst noch genügend Eisen abbauen. Außerdem wollten wir damit warten, bis ihr zwei wieder zurück seid.“

Am nächsten Nachmittag versammeln sich alle Dorfbewohner auf der Wiese neben der Schlucht. Porgo, Primo und Kolle haben inzwischen in der Höhle unter dem Dorf genügend Eisen abgebaut und daraus vier massive Blöcke geschmiedet. Sie stellen einen davon auf den Boden, den zweiten darauf und befestigen die anderen beiden links und rechts vom oberen Block, so dass das Gebilde die Form eines T hat. Nun fehlt nur noch der Kürbis.

„Zur Feier dieses großen Augenblicks für unser Dorf habe ich eine kleine Predigt vorbereitet", sagt Magolus. Er breitet die Arme aus. „Gütiger Notch, wir danken dir, dass du mich mit der Weisheit ausgestattet hast, die es uns ermöglicht, nun deinem Willen zu folgen und einen Golem zu erschaffen, auf dass er mir, äh, uns treu dienen möge. Wir danken auch unserer Dorfjugend für den Eifer, den sie in ihrem Bemühen an den Tag legte, diesen deinen Willen zu erfüllen. Dass die vier dabei mancherlei Unsinn anstellten und seltsames Getier in dieses Dorf brachten, das hier gar nicht hingehört, wollen wir ihnen nicht weiter übel nehmen."

„Was?", ruft Primo dazwischen. „Unsinn? Wir?"

„Pst!", macht Birta. „Der Herr Priester spricht!"

„Nun lasst uns feierlich unser Schöpfungswerk vollenden!", ruft Magolus. „Man setze dem Golem den Kopf auf!"

„Darauf müssen wir anstoßen!", ruft Ruuna, die neben Magolus und Birta steht. Sie hebt einen Glaskolben mit einer blasslila Flüssigkeit hoch.

„Oh nein!", ruft Birta aus. „Du wirst diese Zeremonie nicht mit deinem Hexengebräu stören!"

Sie schlägt Ruuna den Glaskolben aus der Hand. Er fliegt in hohem Bogen durch die Luft und zerbricht genau auf dem Kürbis, der zu Füßen des Golemkörpers liegt.

„He, was soll denn das?“, empört sich die Hexe. „Das war doch nur ein harmloser Trank zum Anstoßen zur Feier des Tages! Den hab ich extra zu diesem Anlass nach meinem supergeheimen Spezialrezept gebraut!“

„Können wir nun vielleicht mit der Zeremonie fortschreiten?“, fragt Magolus.

„Ja, natürlich, Herr Priester“, sagt Birta. „Entschuldigung!“ Sie hebt den mit violetter Flüssigkeit übergossenen Kürbis auf und reicht ihn Magolus, der ihn auf den Metallkörper setzt.

„Im Namen Notchs“, ruft er mit ausgebreiteten Armen, „lebe! Erhebe dich aus dem Staub, und ...“

Er stockt, als ein Ruck durch die Metallblöcke geht. Sie scheinen sich zu verflüssigen. Das Metall umfließt den Kürbis und lässt ihn schrumpfen, während die Blöcke unten und an den Seiten immer länger und dünner werden, bis sie sich schließlich in der Gestalt eines Golems verfestigen.

Das künstliche Wesen verharrt einen Moment reglos. Dann dreht es den Kopf erst nach links und dann nach rechts, als sehe es sich um. Schließlich öffnet es den Mund und sagt: „Ach du Schande!“

Die Dorfbewohner starren den Metallkoloss verblüfft an.

„Was?“, fragt Magolus.

„Hat der gerade wirklich ‚Ach du Schande‘ gesagt?“, will Margi wissen.

„Seit wann können Golems sprechen?“, wundert sich Porgo.

„Warum ausgerechnet ich?“, fragt der Golem.

„Hrrm!“, räuspert sich der Priester. „Ähm, willkommen in unserem Dorf, Golem! Wir, die wir dich erschaffen haben, begrüßen dich! Wisse, dass du von nun an tun musst, was ich dir sage! Und falls ich einmal nicht zugegen sein sollte, wird dir meine Stellvertreterin, die gute Birta, deine Befehle erteilen. Hast du das verstanden?“

„Das war ja wohl nicht so schwierig“, erwidert der Golem.

„Äh, nun gut. Ich war mir nicht sicher, wie intelligent du bist. Ich wusste ehrlich gesagt nicht einmal, dass Golems überhaupt sprechen können.“

„Können sie auch nicht“, sagt der Golem.

„Ach?“, macht Magolus. „Und wieso sprichst du dann mit mir?“

„Das weiß ich auch nicht. Ihr müsst irgendwas falsch gemacht haben, als ihr mich erschaffen habt.“

„Das war bestimmt die Hexe!“, keift Birta.

„Ich habe nichts gemacht!“, verteidigt sich Ruuna. „Du warst es, die mir den Trank aus der Hand geschlagen hat!“

„Ich habe dir schon hundertmal gesagt, du sollst hier im Dorf nicht zaubern!“, schimpft Birta. „Da siehst du, was dabei herauskommt!“

„Hört auf, zu zanken!“, mischt sich Willert ein. „Was ist denn so schlimm daran, dass unser Golem sprechen kann?“

„Ja, genau“, stimmt Magolus zu. „Der Golem von diesen Verlierern aus dem Wüstendorf konnte das nämlich nicht!“

„Was daran schlimm sein soll?“, fragt der Eisenkoloss. „Hast du eine Ahnung, wie es sich anfühlt, in diesem Blechkörper gefangen zu sein? Das ist schon schlimm genug, wenn man nicht denken kann!“

Alle starren den Golem verblüfft an. Der schüttelt nur seinen Kopf. „Tss, Menschen!“ Damit dreht er sich um und stapft auf die Schlucht zu.

„Halt!“, ruft Magolus.

Der Golem bleibt stehen.

„Was machst du da?“, fragt der Priester.

„Ich stehe hier dumm rum.“

„Und warum?“

„Weil du ‚halt' gerufen hast, und weil irgendetwas tief in mir mich zwingt, zu tun, was ihr mir sagt. Darum."

„Und was wolltest du tun?"

„Na was wohl? Mich in die Schlucht stürzen!"

„Was? Warum das denn?"

„Warum? Du machst wohl Witze! Wärst du gern ein Blechkoloss, der bedingungslos tun muss, was ihm eine Horde knollnasiger Hohlköpfe befiehlt?"

„Ich, ein Hohlkopf? Nimm das sofort zurück!"

„Ich nehme das zurück. Du bist kein Hohlkopf, du bist ein eingebildeter Schnösel, der so tut, als könne er sich mit dem Schöpfer unterhalten!"

„Waas?" Magolus wird knallrot vor Zorn. „Das ist ja wohl der Gipfel! Ich bin noch nie so beleidigt worden! Golem, stürze dich in die Schlucht, wenn du unbedingt willst!"

„Na also", sagt der Golem und macht einen weiteren Schritt auf die Schlucht zu.

„Halt!", rufen Porgo, Willert, Ruuna und Primo gleichzeitig.

Der Golem bleibt stehen und dreht sich um. „Wie, halt? Was denn nun? Könnt ihr euch vielleicht mal einigen, was ihr von mir wollt?"

„Niemand stürzt sich hier in die Schlucht!", entscheidet Willert. „Golem, ich gebe dir hiermit drei Grundregeln, die du immer befolgen musst: Erstens, du darfst kein menschliches Wesen verletzen oder durch Untätigkeit gestatten, dass einem menschlichen Wesen Schaden zugefügt wird. Zweitens, du musst den dir von einem Menschen gegebenen Befehlen gehorchen - es sei denn, ein solcher Befehl würde gegen Regel eins verstoßen. Drittens, du musst deine Existenz schützen, solange dieser Schutz nicht mit Regel eins oder zwei in Widerspruch steht. Bitte bestätige das."

„Na toll!", sagt der Golem. „Wo hast du das denn gelesen?"

„Bestätige es!"

„Na schön, wenn du unbedingt willst: geht klar."

„Viertens, du darfst den Obersten Hohepriester Von Allen nicht beleidigen!", ergänzt Magolus.

„Den was?", fragt der Golem. Sein ganzer Körper fängt an, sich zu schütteln, als müsse er lachen, doch sein Gesicht bleibt todernst.

„Damit meine ich mich!", erklärt Magolus. „Die Würde des Priesters ist unantastbar, merk dir das!"

„Ha!", sagt der Golem.

„Wie heißt er eigentlich?", fragt Golina.

„Golem, wie heißt du?", fragt Primo.

„Woher soll ich das wissen?", erwidert der Metallkoloss.

„Ich finde, er sollte Kürbiskopf heißen", schlägt Birta vor.

„Und du solltest Gurkennase heißen", erwidert der Golem.

„Wie wär's mit Asimov?", fragt Ruuna.

„Wie kommst du denn darauf?", will Primo wissen.

„Weiß nicht. Ist mir gerade so eingefallen. Ich finde, das passt irgendwie zu ihm."

„Also schön", sagt Porgo. „Magolus, wenn du einverstanden bist, dann nennen wir den Golem ab sofort Asimov."

„Meinetwegen", stimmt der Priester zu. „Klingt zwar ein bisschen seltsam, aber er ist ja auch etwas merkwürdig. Golem, ich taufe dich hiermit auf den Namen Asimov!"

„Na toll!", sagt der Golem. „Darf ich mich jetzt in die Schlucht stürzen?"

„Versuch's doch mal", sagt Willert. Die anderen wollen protestieren, doch er bringt sie mit einer Geste zum Schweigen.

Der Golem stapft auf die Schlucht zu. Am Rand bleibt er stehen und starrt minutenlang in die Tiefe. „Sein oder nicht Sein, das ist die Frage", sagt er verdrießlich. Dann dreht er sich zu den Dorfbewohnern um. „Könnte mir bitte mal jemand einen Schubs geben?"

„Warum springst du nicht selber?", fragt Willert.

„Weil ... ich ... nicht ... kann!", erwidert Asimov.

„Gut“, sagt Willert. „Die Grundregeln funktionieren. Ich denke, wir müssen uns keine Sorgen um ihn machen.“

„Der Arme!“, meint Golina. „Er wirkt so traurig. Er tut mir irgendwie leid.“

„Ach was, er wird sich schon dran gewöhnen“, erwidert Willert.

Golina geht zum Rand der Schlucht. Primo folgt ihr, voller Sorge, dass der Golem sie verletzen könnte. Asimov scheint zwar gutmütig zu sein und die drei Grundregeln, die Willert ihm gegeben hat, funktionieren offenbar. Aber immerhin ist der Golem aufgrund von Ruunas supergeheimem Spezialrezept ziemlich seltsam geraten, und Primo weiß nur zu gut, was solche Rezepte für eine Wirkung haben können. Die Katze Mina, die Golina auf Schritt und Tritt folgt, nähert sich dem Eisenkoloss vorsichtig und maunzt verunsichert.

Asimov dreht seinen Kopf. „Was wollt ihr von mir? Soll ich vielleicht den Hampelmann für euch machen?“

„Gibt es irgendetwas, das wir tun können, damit du dich besser fühlst?“, fragt Golina.

„Lasst mich einfach in Ruhe!“

Miau, macht Mina.

Der Golem beugt sich vor. „Was ist das denn? Ein Monster? Soll ich es in die Schlucht werfen?“

„Nein!“, ruft Golina erschrocken. „Das ist Mina. Sie tut nichts.“

„Das kann man nie wissen. Ich glaube, ich sollte sie vorsichtshalber in die Schlucht werfen“, meint Asimov und streckt einen seiner Metallarme nach der Katze aus, die ein empörtes Fauchen ausstößt und einen Satz zurück macht.

„Asimov, ich befehle dir, Mina in Ruhe zu lassen!“, sagt Primo.

„Aber was, wenn sie doch gefährlich ist?“, fragt der Golem.

„Warum sollte sie gefährlich sein?“, will Golina wissen.

„Jemand könnte über sie stolpern und in die Schlucht stürzen“, erklärt Asimov. *„Erstens, du darfst kein menschliches Wesen verletzen oder durch Untätigkeit gestatten, dass einem menschlichen Wesen Schaden zugefügt wird.* Das ist doch eure Regel, oder nicht? Was, wenn nun doch jemand durch Mina zu Schaden kommt? Dann wäre ich schuld, weil ich untätig war und sie nicht in die Schlucht geworfen habe! Das kann ich nicht zulassen. Wenn ich sie nicht reinwerfen soll, dann muss ich die Schlucht eben zuschütten.“ Er beginnt damit, Erdblöcke auszugraben und in den Abgrund zu werfen.

Die anderen Dorfbewohner stoßen erstaunte Rufe aus. „Was macht er denn da?“, fragt Magolus.

„Er will die Schlucht zuschütten“, erklärt Primo.

„Was? Unsere schöne Schlucht? Golem, hör sofort damit auf!“

„Pah!“, sagt Asimov. „Ich darf nun mal nicht durch Untätigkeit zulassen, dass ein Mensch zu Schaden kommt. Ein Mensch könnte in die Schlucht fallen und zu Schaden kommen. Also muss ich sie beseitigen.“

„Ich befehle dir, damit aufzuhören!“, ruft Magolus außer sich.

„Du kannst es mir zwar befehlen, aber ich höre nicht auf dich, denn dein Befehl steht in Konflikt zu Regel eins und ist daher wirkungslos“, erklärt der Golem.

„Auweia!“, meint Willert. „Die drei Grundregeln scheinen doch nicht so gut zu funktionieren, wie ich dachte. Asimov, ich hebe hiermit deine drei Grundregeln wieder auf!“

Der Golem hält mit seinen Erdarbeiten inne und verharrt einen Moment still. Offenbar muss er nachdenken. Dann schüttelt er den Kopf. „Tut mir leid, aber das geht nicht. Dein Befehl, die erste Grundregel aufzuheben, verstößt gegen die erste Grundregel. Daher kann ich ihn nicht ausführen.“

„Ich hab ja gewusst, das kann nicht gutgehen!“, sagt Birta.

Primo denkt nach. „Hör mir zu, Asimov“, sagt er.

„Was willst du denn nun schon wieder? Ich hab zu tun!“

„Du darfst die Schlucht nicht zuschütten.“

„Das hatten wir doch schon!“, sagt der Golem genervt. „Ich muss die Schlucht zuschütten, weil sonst Menschen zu Schaden kommen können.“

„Aber wenn du es tust, könnten ebenfalls Menschen zu Schaden kommen!“, behauptet Primo.

„Wie das denn?“

„Na ja, die Schlucht gehört nun mal zum Dorf. Wenn sie weg ist, dann ist es hier nicht mehr so schön, und das schadet der Stimmung, und damit auch uns.“ Zustimmendes Gemurmel erhebt sich von den anderen Dorfbewohnern.

Asimov denkt einen Moment nach. „Mag sein. Aber das ist nicht so schlimm, wie wenn jemand in die Schlucht stürzt und zu Tode kommt.“

„Ja, aber was ist, wenn es einem von uns hier im Dorf nicht mehr gefällt, weil die Schlucht weg ist, und er deshalb das Dorf verlässt und sich verirrt und in der Nacht von einem Nachtwandler gefressen wird?“

Der Golem hält inne und denkt nach.

„Und was ist, wenn ein Nachtwandler kommt und das Dorf angreift“, ergänzt Kolle, „und er wäre eigentlich in die Schlucht gefallen und hätte keinen

Schaden angerichtet, aber weil die Schlucht weg ist, kann er einfach darüber laufen und ins Dorf gelangen, wo er einen Dorfbewohner tötet?"

„Hmm", macht Asimov.

„Und was, wenn Notch, unser Schöpfer, wütend ist, weil wir die Schlucht, die er geschaffen hat, zugeschüttet haben?", gibt Magolus zu bedenken. „Und wenn er dann Feuer und Asche auf uns herabregnen lässt und die Erde sich auftut und das Dorf verschlingt?"

„Na schön", erwidert Asimov. „Das klingt zwar alles ein bisschen weit hergeholt, aber ich sehe ein, dass ich nicht wissen kann, welche Konsequenzen meine Handlungen haben werden. Egal, was ich mache, ein Mensch könnte zu Schaden kommen. Also mache ich am besten gar nichts. Aber dann könnte ein Mensch aufgrund meiner Untätigkeit zu Schaden kommen. Ach, es ist zum Verzweifeln!" Mit hängendem Kopf steht er da und rührt sich nicht mehr.

Die Dorfbewohner starren den Golem betreten an.

„So ein Golem ist nicht so nützlich, wie ich dachte", meint Magolus.

„Dafür haben wir nun die weite Reise gemacht!", jammert Kolle.

„Sollen wir einfach noch einen bauen?", schlägt Margi vor. „Vielleicht funktioniert der besser."

„Kommt nicht infrage!“, sagt Magolus. „Eines von diesen groben Ungetümen reicht im Dorf!“

„Er hat recht“, sagt Primo. „Am besten, wir lassen den Golem einfach in Ruhe.“

„Ich kann ja versuchen, einen Trank zu brauen, der ihn fröhlich macht“, meint Ruuna.

„Bloß nicht!“, sagt Willert. Als er Ruunas Blick sieht, fügt er rasch hinzu: „Ich meinte, bloß nicht mehr heute. Es wird bald dunkel. Besser, wir gehen jetzt nach Hause.“

Mina läuft zu dem Golem und reibt sich an seinem metallenen Bein, wobei sie zufrieden schnurrt.

Asimov beugt sich zu ihr herab und streckt seinen Arm nach ihr aus. Golina stößt einen erschrockenen Laut aus, doch der Golem streichelt sie nur sanft.

„Tut mir leid, dass ich dich in die Schlucht werfen wollte, Kleine“, sagt er. „Golem zu sein ist manchmal ganz schön verwirrend, weißt du? Und dass diese Typen da einem widersprüchliche Befehle geben, hilft auch nicht unbedingt.“

Miau, macht Mina.

12. Artrax' Rache

„Ich frage mich, was Artrax macht", sagt Primo, als er mit seinem Vater nach Hause geht.

„Was soll er schon tun?", meint Porgo. „Er ist ein Enderman. Die haben eben ihre eigenen Ziele und Interessen, mit denen sie sich beschäftigen. Diese Mathematik zum Beispiel, von der du erzählt hast. So etwas können wir nicht mal ansatzweise verstehen."

„Ja, schon, aber Artrax ist anders als die anderen Endermen. Er ist böse. Ich kann mir nicht vorstellen, dass er die Niederlage mit dem Drachenei einfach vergisst."

„Jedenfalls hat er sich bisher nicht blicken lassen."

„Das ist es ja gerade, was mir Sorgen macht. Ich habe das Gefühl, dass er irgendetwas ausheckt."

„Zerbrich dir nicht den Kopf über Dinge, die wir weder wissen noch an denen wir etwas ändern können, mein Sohn. Geh jetzt schlafen, du hast eine anstrengende Reise hinter dir und bist sicher erschöpft."

Das stimmt, die Strapazen spürt Primo immer noch. Also legt er sich ins Bett. Doch er kann lange nicht einschlafen. Als es ihm endlich gelingt, hat er düstere Träume von dem Golem, der alle Dorfbewohner in die Schlucht wirft und diese anschließend zuschüttet, wobei er mit Artrax' Stimme hässlich lacht.

Ein lautes Krachen reißt ihn aus dem Schlaf.

„Primo, wach auf!", ruft sein Vater. „Ich fürchte, du hattest recht!"

Primo stürzt zum Fenster. Das ganze Dorf ist voller Nachtwandler, die an Haustüren hämmern und dumpfes Stöhnen ausstoßen.

„Oh nein, ncht schon wieder!" Primo zieht sein Diamantschwert. „Ich gehe zu Golina und ihren Eltern. Ich darf nicht zulassen, dass ihnen etwas passiert!"

„Was ist mit dem Golem?", fragt Porgo. „Sollte er uns nicht helfen?"

„Keine Ahnung."

Primo reißt die Tür auf und rammt dem Nachtwandler, der davor steht, das Schwert in den Bauch. Dann kämpft er sich den Weg auf die Straße frei. So weit er blicken kann, sind überall Monster. Sie stehen auch vor Golinas Haus und hämmern mit den Fäusten an die Tür. Noch haben sie es nicht geschafft, sie einzuschlagen, und die Dorfbewohner sind inzwischen besser auf Kämpfe mit Monstern vorbereitet. Wenn er daran denkt, wie Golina und Margi vor ihnen im Dorf im Westen waren, hat er den Verdacht, dass sie seine Hilfe gar nicht unbedingt braucht. Weiter vorn sieht er ein paar Nachtwandler durch die Luft fliegen. Doch es ist nicht der Golem, der gegen sie kämpft, sondern Kolle. Oben auf dem Kirchturm steht eine schlanke, schwarze Gestalt mit violett leuchtenden Augen. Von dort scheint Artrax seine Armee zu befehligen.

Eigentlich keine schlechte Idee.

„Hilf mir mal, Vater. Ich muss aufs Dach."

„Aufs Dach?", fragt sein Vater, der hinter ihm steht und eine Axt gegen die Monster schwingt. Was willst du denn da?"

„Mir einen Überblick über die Lage verschaffen."

„Na schön, wenn du meinst, dass uns das hilft."

Gemeinsam töten sie die Monster im näheren Umkreis, so dass sie ein paar Sekunden unbehelligt bleiben. Primo nutzt die Zeit, um mit Hilfe seines Vaters auf das Dach der Schmiede zu klettern. Es ist nicht so hoch wie der Kirchturm, doch er kann von hier oben erkennen, dass das ganze Dorf voller Monster ist.

Primo nimmt Anlauf und springt vom Dach der Schmiede auf den Dorfbrunnen. Von dort aus kann er das Spitzdach des Nachbarhauses erreichen, das wesentlich höher ist als das Flachdach des Hauses seines Vaters.

Als er oben auf dem Dachfirst steht, sinkt Primos Mut. Nicht nur im Dorf drängen sich Monster, auch die angrenzenden Wiesen sind voll von ihnen. Und es scheinen immer mehr zu werden: Sie kommen aus den Wäldern rund um das Dorf gewankt, als folgten sie einem für Primo unhörbaren Signal – dem Ruf des Endermans. Es ist unmöglich, sie alle zu besiegen. Auch das Diamantschwert und Kolles Kraft nützen da wenig. Ihre einzige Chance ist es, den Enderman selbst zu bekämpfen. Doch der ist unerreichbar auf dem Kirchturm, der von einer Gruppe von Nachtwandlern und Skeletten umringt ist.

Ein Pfeil fliegt auf Primo zu. Er kann sich gerade noch ducken. Hier auf dem Dach herumzustehen ist gefährlich und hilft niemandem.

Sein Blick fällt auf die Wiese neben der Schlucht. Auch sie ist voll von Nachtwandlern und Knochenmännern. Mittendrin steht reglos der Golem. Er wendet seinen Kopf nach links und rechts, als blicke er sich verwundert um, doch er unternimmt nichts gegen die Monster.

Vielleicht könnte Asimov ihn dabei unterstützen, zum Kirchturm zu gelangen und Artrax zu bekämpfen. Doch dazu müsste er den Koloss erst einmal dazu bringen, ihm zu helfen.

Primo weicht einem weiteren Pfeil aus, nimmt erneut Anlauf und springt über die breite Lücke zwischen dem Haus, auf dem er steht, und dem Nachbarhaus. Nun befindet er sich direkt gegenüber dem Kirchturm. Artrax dreht ruckartig seinen Kopf zu ihm. Primo kann dem stechenden Blick gerade noch ausweichen.

„Ich krieg dich, Artrax!“, brüllt er über das Stöhnen und Klappern der Monster, das Hämmern grüner Fäuste an Haustüren und die verängstigen Schreie der Dorfbewohner hinweg. „Mach dich darauf gefasst!“

Der Enderman stößt ein Geräusch aus, das wie heiseres Lachen klingt.

Primo macht noch einen Satz und steht nun auf dem umzäunten Flachdach des kleinen Hauses, in dem Olum, der Fischer lebt. Überrascht stellt er fest, dass Mina hier oben hockt und verängstigt miaut. Anscheinend hat der Geruch von Olums Fischen sie angelockt, und beim Angriff der Monster hat sie sich hier hinauf geflüchtet. Primo hebt sie hoch und krault sie, um das verstörte Tier zu beruhigen.

„Asimov!“, ruft er. „Du musst uns helfen!“

Der Golem dreht sich zu ihm um. „Wieso das denn?“

„Sieh doch mal, was hier los ist!“, ruft Primo verzweifelt und duckt sich im nächsten Moment, als ein Pfeil dicht an ihm vorbei zischt.

„Scheint eine Party zu sein oder so“, stellt Asimov fest. „Und ich bin natürlich wieder nicht eingeladen.“

„Das ist ein Monsterangriff!“, ruft Primo. „Siehst du die Gestalt oben auf dem Kirchturm? Das ist

Artrax, ein bösartiger Enderman. Er will das Dorf vernichten!“

„Kann schon sein“, erwidert Asimov. „Was kann ich daran schon ändern?“

„Du könntest gegen die Monster kämpfen!“

„Ja, aber was ist, wenn das falsch ist? Was, wenn das ungeahnte Konsequenzen hat, dreihundert Jahre später oder so? Menschen könnten zu Schaden kommen! Ich könnte unbeabsichtigt eine Katastrophe auslösen, wenn ich mich einmische! Ich bin besser vorsichtig.“

„Aber Menschen kommen *jetzt* zu Schaden!“, ruft Primo verzweifelt. „Wenn du uns nicht hilfst, werden wir alle sterben! Die Monster werden das Dorf vernichten, und Artrax hat seine Rache bekommen! Findest du das etwa richtig?“

„Wie kann ich wissen, was richtig ist und was falsch? Ich bin nur ein einfacher Golem, viel zu dumm, um das alles zu verstehen.“

Primo sieht sich verzweifelt um. Es hat keinen Sinn. Er muss sich irgendwie selbst zum Turm durchkämpfen. Er klettert über die Brüstung und springt mitten in die Monsterhorde unten auf der Straße. Mina faucht erschrocken und springt von Primos Arm.

„Mina! Mina, bleib hier! Die Nachtwandler werden dich töten!“ Während er das ruft, versucht Primo, die

Monster, die ihn von allen Seiten bedrängen, mit dem Schwert auf Distanz zu halten. Doch er kann nicht verhindern, dass ein Nachtwandler die Katze packt. Mina stößt ein erbärmliches Miau aus.

Primo wendet seinen Blick ab. Er will nicht mit ansehen, wie das arme Tier von dem Monster getötet wird.

„Lass sofort die Katze los!“, donnert eine metallene Stimme durchs Dorf. Primo dreht sich überrascht um und sieht, wie Asimov mit erstaunlicher Geschwindigkeit auf ihn zu rennt. Die Monster, die ihm im Weg sind, schiebt er einfach beiseite, als wären sie Grashalme.

Der Nachtwandler hält Mina immer noch gepackt. Die Katze miaut vor Angst. Im nächsten Moment trifft das Monster ein Kinnhaken, der so gewaltig ist, dass es hoch durch die Luft fliegt und oben auf dem Kirchturm Artrax trifft, der von der Wucht des Aufpralls beinahe heruntergeschleudert wird.

Mina, die der Nachtwandler bei dem Schlag losgelassen hatte, springt auf Asimovs metallenen Arm und von dort auf seinen Kopf, um der Monsterhorde zu entkommen. Doch schon fliegt der Pfeil eines Knochenmannes auf sie zu.

Asimov hebt die Hand und fängt den Pfeil mitten im Flug ab. „Sag mal, spinnst du?“, brüllt er. „Du wirst noch jemanden verletzen, wenn du nicht aufpasst!“

Das Skelett zeigt sich von dieser Zurechtweisung unbeeindruckt und schießt einen weiteren Pfeil ab, der wirkungslos von Asimovs Metallkörper abprallt. Doch nun scheint der Zorn des Golems endgültig geweckt.

„Jetzt reicht’s mir aber!“, ruft er. „Ihr spinnt ja wohl alle! Raus aus diesem Dorf!“

Als die Monster nicht auf seine Anweisung reagieren, beginnt er, mit den Armen zu wirbeln. Die Nachtwandler und Knochenmänner, die davon getroffen werden, fliegen durch die Luft wie Geschosse und treffen auf Artgenossen, die wiederum zu Boden gerissen werden. Selbst Primo muss sich davor in Acht nehmen, nicht von dem rasenden Golem verletzt zu werden.

Die Wirkung auf die Angreifer ist verheerend. Im Nu ist um Asimov ein breiter Kreis ohne Monster entstanden.

„Zum Kirchturm!“, ruft Primo.

Der Golem bewegt sich auf die Kirche zu, während er Nachtwandler und Knochenmänner, die nicht rechtzeitig die Flucht ergreifen, durch die Luft schleudert. Primo folgt ihm, wobei er darauf achtet, stets außerhalb der Reichweite der metallenen Arme zu bleiben.

Endlich erreicht er die Kirche. Die Tür ist von innen verbarrikadiert. Primo kann durch die Öffnung Magolus' verängstigtes Gesicht sehen.

„Bei Notch, Magolus, mach die Tür auf!“, ruft er.

„Auf keinen Fall!“, antwortet der Priester. „Da draußen sind überall Monster!“

„Das weiß ich. Eben drum muss ich ja auf den Kirchturm!“

„Auf den Turm? Wieso das denn?“

„Weil da oben Artrax ist und die Monsterhorden von dort aus kommandiert.“

„Der ... der Dämon ist ... ist auf meinem Kirchturm?“, fragt Magolus mit zitternder Stimme.

„Ja! Nun mach schon auf, wir haben nicht mehr viel Zeit!“

Endlich öffnet der Priester. Primo stürmt an ihm vorbei und klettert die Leiter empor.

Atrax erwartet ihn bereits. Kaum, dass Primo seinen Kopf aus der Öffnung steckt, schlägt der Enderman auch schon mit seinem langen, dürren Arm nach ihm. Bunte Lichter tanzen für einen Moment vor Primos Augen, als der Schlag ihn trifft. Er droht, den Halt zu verlieren und abzustürzen, doch es gelingt ihm, sich an der Leiter festzuklammern.

Bevor Artrax ein zweites Mal zuschlagen kann, zieht Primo sein Schwert und führt einen tiefen Streich, der den Enderman am Bein trifft.

Artrax stößt einen schrecklichen, verzerrten Schrei aus. Er schlägt erneut zu, doch die Bewegung ist unkoordiniert und Primo kann ihr ausweichen. Durch den Schwung wird der Enderman herumgewirbelt. Primo nutzt die Gelegenheit und rammt ihm das Diamantschwert in den Rücken.

Der Schrei, den Artrax diesmal ausstößt, ist so schrecklich, dass sogar die Monster unten für einen Moment in ihrem Kampf innehalten und aufblicken. Der Enderman verschwindet und lässt nur ein paar violette, tanzende Funken zurück.

Die Monster stürzen sich wieder auf die Dorfbewohner, doch ohne die Führung des Endermans sind ihre Angriffe nicht mehr systematisch, sondern unkoordiniert und planlos. Oft stehen sie sich gegenseitig im Weg. Die Monster, die aus den angrenzenden Wäldern gekommen sind, wandern verwirrt umher, als wüssten sie nicht genau, was sie auf den Wiesen rund um das Dorf sollen.

Primo klettert die Leiter herunter und stürzt sich ins Schlachtgetümmel. Immer noch pflügt der Golem durch die Straßen und wirbelt Monster durch die Luft, als wären sie Staubkörner. Die verbliebenen Nachtwandler und Skelette werden von Kolle, Primo und den übrigen Dorfbewohnern erledigt. Selbst Birta hat sich mit einer Schaufel bewaffnet, die sie jedem Ungeheuer auf den Kopf drischt, das nicht schnell genug außer Reichweite ist. Dennoch dauert es bis zum Morgengrauen, bis die letzten Angreifer besiegt sind.

Erschöpft und erleichtert versammeln sich die Dorfbewohner auf der Wiese neben der Schlucht, während die aufgehende Sonne die Monster in der Umgebung verbrennt. Auch Asimov ist dort. Mina sitzt immer noch auf seinem Kopf wie eine lebendige Pelzmütze und schnurrt zufrieden.

„Was für eine Nacht!“, sagt der Golem. „So viel Spaß hatte ich nicht mehr, seit ... seit ich geschaffen wurde.“

„Wir danken dir für deine Hilfe, Golem!“, sagt Magolus. „Und auch dir danke ich, Primo. Wenn du nicht auf den Turm geklettert wärst und den Dämon vertrieben hättest, dann hätte ich das selber machen müssen. Vor allem aber wollen wir Notch danken, der wieder einmal seine schützende Hand über unser Dorf gehalten hat.“ Er spricht ein Gebet, das die anderen gehorsam nachmurmeln.

„Das ist ja gerade noch mal gut gegangen“, sagt Porgo.

„Das haben wir Primo zu verdanken“, meint Kolle. „Ich habe gesehen, wie er von Hausdach zu

Hausdach gesprungen ist. Und wie er dann ganz allein oben auf dem Turm mit dem Enderman gekämpft hat."

Golina blickt Primo mit großen, leuchtenden Augen an. „Du bist ein richtiger Held!", sagt sie. Dann umarmt sie ihn und küsst ihn.

Primo ist knallrot, als er endlich Luft holt. „Danke für euer Lob, aber der wahre Held ist Asimov!", sagt er. „Ohne ihn wäre ich nicht mal in die Nähe des Kirchturms gekommen. Und ohne ihn hätten wir auch die vielen Monster nicht besiegen können."

„Danke, Asimov!", sagt Golina, und dann gibt sie auch dem Golem einen Kuss auf die metallene Wange.

„Was ... was machst du denn da!", sagt der Metallkoloss. Hat das Metall seines Körpers auf einmal eine rötliche Färbung angenommen, oder ist es nur die Morgensonne, die sich darauf spiegelt? „Ich bin doch bloß ein Golem! Uns küsst man nicht!"

„Ich hoffe, du wirst uns auch zukünftig helfen, wenn wieder Monster das Dorf überfallen", sagt Porgo.

„Euch?", fragt Asimov. „Wieso sollte ich euch helfen?"

„Nun, du hast es doch bereits getan."

„Aber nein, das seht ihr völlig falsch! Ich habe euch nicht geholfen. Wahrscheinlich habe ich euch langfristig nur geschadet. Wer kann das schon wissen?“

„Aber warum hast du denn dann die Monster bekämpft?“, fragt Golina verwundert.

Der Golem fasst sich an den Kopf, als wollte er sich nachdenklich kratzen, doch stattdessen streichelt er die Katze.

„Diese grünen Typen wollten Mina etwas antun“, erklärt er. „Und da greift dann die nullte Golem-Grundregel: Wer der Katze etwas zuleide tut, kriegt Ärger!“

Miau, macht Mina.

Als die Sonne hoch am Himmel steht, ist das Dorf wieder in Ordnung gebracht. Margi und Golina unternehmen einen kleinen Ausritt über die umliegenden Wiesen, während Kolle und Primo mit Asimov an der Schlucht stehen und sich unterhalten.

„Meinst du, du hast Artrax diesmal endgültig besiegt?“, fragt Kolle.

„Ich weiß nicht“, erwidert Primo. „Auf jeden Fall habe ich ihn ziemlich schwer verletzt.“

„Wenn er nicht tot ist, dann ist er jetzt wahrscheinlich erst richtig sauer auf uns.“

„Ja, vermutlich.“

Primo blickt sich um. Das Dorf sieht wieder friedlich aus, doch in letzter Zeit ist es hier ziemlich turbulent zugegangen. Selbst für ihn, der sich früher bloß gelangweilt hat, war es diesmal fast zu aufregend. Doch er hat den Verdacht, dass dies nicht das letzte Abenteuer war, das er zu bestehen hatte. Er befürchtet, dass sich vielleicht hinter dem Horizont schon neue dunkle Wolken zusammenbrauen und die Bewohner des Dorfs am Rande der Schlucht kaum Zeit haben werden, sich wieder in ihren gewohnten Lebensrhythmus einzufinden, bevor dieser ein weiteres Mal durch ungewöhnliche Ereignisse durcheinandergebracht wird.

Und damit hat er wahrscheinlich recht.

ENDE

Hinweise zum Erkunden der Schauplätze dieses Buchs in Minecraft (PC-Version)

Die Schauplätze in diesem Buch lassen sich alle in Minecraft besuchen, wenn du den Seed 100200300400500 eingibst (siehe Anleitung am Anfang des Buchs). Die Koordinaten in der folgenden Tabelle können dir dabei helfen. Die Angaben sind ungefähre Werte.

Ort	**X**	**Y**	**Z**
Der Strand, an dem Olums Boot liegt	-641	63	13
Das „Eiland“	-1995	63	-6
Schiffbruch	-2266	63	-1
Der Dschungeltempel	-2442	68	16
Die Schatztruhe (Vorsicht Pfeile!)	-2441	65	19
Das Dorf am Fluss	-3069	68	619
Die Stelle, an der Primo ins Wasser fällt	-2270	62	-229
Die Höhle an der Küste	-2187	64	-187

Tipp: Um zu sehen, wo du selbst gerade bist, kannst du in der PC-Version die F3-Taste (Debug-Modus) drücken. Du siehst dann auf der linken Seite den Hinweis „Block“, gefolgt von drei Zahlen. Dies ist deine aktuelle Position. Die erste Zahl ist die X-Koordinate, die zweite deine aktuelle Höhe (Y), die dritte die Z-Koordinate. Wenn du dich drehst, wird dir angezeigt, in welche Richtung du dich bewegst – „Facing west – towards negative x" bedeutet zum Beispiel, dass der Wert deiner X-Koordinate sinken wird, wenn du geradeaus gehst. Auf diese Weise kannst du dich deinem Ziel nähern. Wenn du im Kreativmodus bist oder Cheats aktiviert hast, kannst du mit dem Cheat /tp auch direkt zu den angegebenen Koordinaten teleportieren. Viel Spaß beim Erkunden der Welt von „Das Dorf"!

12868214R00092

Printed in Poland
by Amazon Fulfillment
Poland Sp. z o.o., Wrocław